안녕
아이슬란드

안녕 아이슬란드
발 행 | 2021년 03월 11일
저 자 | WOONA
펴낸이 | 한건희
펴낸곳 | 주식회사 부크크
출판사등록 | 2014.07.15.(제2014-16호)
주 소 | 서울특별시 금천구 가산디지털1로 119 SK트윈타워 A동 305호
전 화 | 1670-8316
이메일 | info@bookk.co.kr
ISBN | 979-11-372-7673-4
www.bookk.co.kr
ⓒ WOONA 2022

안녕
아이슬란드

woona

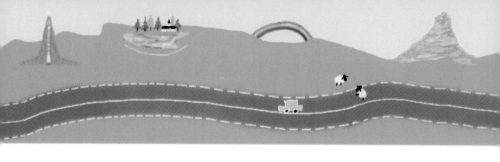

막연한 꿈 같던 일이 단숨에 현실이 될 때가 있다.

아이슬란드 여행이 내게 그랬다. 오로라를 보는 것은 내 오래된 꿈이었다. 어릴 적 텔레비전 화면 속 춤추는 오로라를 보면 가슴속이 울렁거리며 황홀했다. 새카만 밤하늘을 밝히는 빛줄기를 두 눈으로 직접 보고 싶었다. 과연 어떤 기분일까? 말 그대로 꿈이니까 아마도 죽기 전에는 보게 되지 않을까 그렇게 생각했었다.

어느 날 달력을 뒤적이다가 연달아 빨갛게 칠해진 날짜들을 보았다. 내게 주어진 일주일의 시간, 단조로운 직장생활 속에서 여행으로 위안을 얻던 나는 그 순간 어디론가 떠나야겠다 싶었다. 어디로 떠날까 고민하던 중 문득 오로라가 떠올랐다. 켜켜이 먼지 쌓인 다락방에서 오래된 골동품을 찾아낸 기분이었다.

마침 달력 속 빨간 날짜들 중 하루는 남편과 나의 6주년 기념일이었다. 부창부수라는 말처럼 남편도 역시 오로라를 좋아했다. 먼 미래에 태어날 아이 이름을 '오로라'로 짓자고 이야기했을 정도니까. 그런 남편에게 오로라를 보러 떠나자 이야기했다. 그리고 아이슬란드행 비행기 티켓을 끊었다.

비행기 티켓을 끊으니 모든 것이 일사천리였다. 이렇게 쉬운 일을 왜 꿈으로만 여기고 살았을까? 꿈이란 무엇일까, 나에게 꿈이란 간절히 원하지만 이룰 수 없을 것 같은 모든 것이었다. 갑자기 막연한 꿈이 현실로 다가왔을 때 우리 삶은 진실로 달라져 있었다.

우리 둘은 아이슬란드 여행을 계기로 꿈꾸던 삶을 살아 보자 결심했다. 번잡한 도시를 벗어나 자연 속에서 소박하게 살아가는 삶, 사계절을 온전히 느끼며 살아가는 삶, 아름다운 정원을 가꾸고 타인에게 행복을 선사하는 삶, 이제 곧 다가올 현실이다. 이 책은 그러한 길 위에 서 있는 우리에게 주는 선물이다.

1 . 시 작

 인천과 베이징을 거쳐 코펜하겐 국제공항에 도착했다. 1시간 남짓한 짧은 경유 시간 때문에 서둘러 환승 게이트로 이동했다. 뿌연 유리창 너머로 우리가 탈 비행기가 보였다. 비행기에는 '아이슬란드 에어(Iceland Air)'라는 글씨가 적혀 있었다. 아이슬란드라는 글씨만 봐도 기분이 들떴다. 게이트가 열리고 케플라비크 공항으로 향하는 비행기에 올라탔다. 드디어 마지막 비행기다. 오랜 비행에 지쳐버린 몸은 곧 스르륵 잠에 빠져들었다. 기내방송 소리에 눈을 뜨니 3시간이 훌쩍 지난 뒤였다. 우리는 15시간 정도를 하늘에서 보낸 뒤에야 아이슬란드에 도착했다.

 출국 수속을 마치고 공항에서 제일 먼저 해야 할 일은 렌트카를 빌리는 것이었다. 사실 아이슬란드로 떠나기 몇 달 전 인터넷으로 미리 렌트카를 예약했었다. 하지만 원하는 차가 없으니 예약되지 않았다는 내용의 이메일이 왔었고, 바보같이 난 아이슬란드로 떠나는 날이 되어서야 이메일을 확인했다.

깜짝 놀라 급하게 인터넷 사이트를 뒤적였지만 당장 예약할 수 있는 차는 하나도 없었다. 아마도 중국 명절과 시기가 겹쳐 렌터카 수요가 많아져서 그런 것이 아닐까 생각했다. 그래서 공항에 도착해 렌터카를 빌려보기로 작정한 것이다. 우리는 공항 안에 있는 모든 렌터카 회사에 찾아가 문의했으나 렌터카를 구할 수 없었다. 차가 없으니 앞으로의 여행을 도대체 어쩔 것인가? 당장 오늘 밤 숙소로 갈 방법조차 없으니 눈앞이 캄캄했다. 당황하는 우릴 보며 어느 렌터카 회사 직원이 공항 밖에 있는 다른 렌터카 회사에 가보라고 조언을 해주었다. 딸린 짐들이 많아 나는 공항 안에서 짐을 지키고 있었고 남편 혼자 렌터카를 알아보러 공항 밖으로 나섰다.

십분, 이십 분 그리고 삼십 분. 시간은 계속 흐르는데 남편은 깜깜무소식이었다. 혼자 남은 나는 무척 초조하고 불안했다. 렌터카를 빌릴 수 없을지도 모른다는 사실은 이제 더는 걱정거리가 아니었다. 그보다도 남편이 이 어두운 밤거리를 혼자 걸어 다니다가 무슨 일이라도 생길까봐 걱정스러웠다. 그러다 결국 참지 못하고 남편에게 국제전화를 걸었다. 신호음만 계속 울리다가 끝내 전화를 받은 남편, 다행스럽게도 렌터카를 구했다고 말했다. 얼마 뒤 남편은 숨을 헐떡이며 공항 안으로 뛰어 들어왔다. 남편을 보자 왈칵 눈물이 나올 것만 같았다. 다행이다! 일이 잘 풀린 것 같아 안도의 숨을 내쉬고는 무거운 캐리어를 질질 끌고 공항 밖으로 나갔다.

우리는 공항 맞은편에 있는 어느 렌터카 회사로 향했다. 차를 빌리려면 여러 절차를 거쳐야 했다. 여태 비행기를 타고 온 시간에 비하면 이 정도야 껌

이지, 조금의 기다림 끝에 렌트카를 받을 수 있었다. 우리가 빌린 자동차는 I-30. 일주일 내내 이 자동차로 아무런 문제 없이 아이슬란드 곳곳을 잘 쏘다 녔다. 자동차에 짐을 가득 싣고 앞 좌석에 올라탔다. 블루투스를 연결해 한국 에서부터 미리 준비해온 음악을 틀어 놓았다. 그리고 네비게이션에 오늘 묵 을 숙소 주소를 찍어 넣고 마침내 도로 위를 달렸다. 모든 긴장이 스르륵 녹 아내렸다. 도로 위에서 1시간 즈음 지났을까, 드디어 레이캬비크에 들어섰 다. 차창 너머로 인터넷으로 보았던 아이슬란드의 유명한 교회 할그림스키르 캬가 보이기 시작했다. 남편과 나는 서로를 바라보며 악-하고 소리쳤다. 웃 음이 절로 나오는 흥분되는 순간이었다.

"우리 진짜 아이슬란드에 왔네!"

"미쳤다! 진짜 와버렸네!"

게스트하우스 근처에 도착해 차를 세워 두고 트렁크에서 짐들을 꺼냈다. 레이캬비크의 밤거리는 쥐 죽은 듯이 조용해서 짐들을 꺼내며 어쩔 수 없이 내는 소리가 큰 소음처럼 느껴졌다. 노란 외관이 인상적인 우리의 게스트하우스, 이곳에 오기 위해 지구 반 바퀴를 돌아왔다. 조심스레 문을 열고 안으로 들어가니 현관 입구에 놓인 작은 보드 위에 환영한다는 메시지와 내 이름, 방 번호가 적혀져 있었다. 우리는 방 안으로 들어가 짐을 풀고 포근한 침대 위에 털썩 누웠다.

늦은 시간이었지만 이대로 잠들기는 아쉬운 밤. 우리는 어둠이 내린 도시를 둘러보기로 했다. 게스트하우스를 나오면 인도 끝으로 할그림스키르캬가 보였다. 우리는 이끌리듯이 교회를 향해 걸어갔다. 그리고 아무도 없는 넓은 광장에 나다났다. 광장에 서니 우뚝 솟은 교회가 잘 보였다. 고층 빌딩이 없는 아이슬란드에서는 교회가 가장 높은 건축물이다. 할그림스키르캬는 유럽 여행을 다니며 보았던 보통 교회와는 다른 모습이었다. 늘 보던 교회들은 뾰족한 첨탑과 조각들로 화려하게 꾸며져 있곤 했다. 하지만 할그림스키르캬는 현대적인 모습이었다. 가운데 높이 솟은 콘크리트 건물 옆으로 회색 기둥이 가지런히 나열되어 있었다. 꼭대기에는 십자가가 박혀 있었으나 그밖의 장식들은 거의 없었다. 어두운 한밤중에 하늘 높이 솟은 거대한 교회를 우러러 보니 왠지 기괴하게 느껴지기도 했다. 마치 이 세상 것이 아닌 것처럼 말이다.

한밤중 낯선 여행지에서 아무도 없는 거리를 걷고 있자니 여러 감정들이 가슴 속에서 일렁였다. 본격적인 여행이 시작된다는 두근거림, 무사히 도착

했다는 안도감, 그리고 이 새로운 도시에 대한 호기심과 놀랍도록 고요한 세상이 주는 평화로움. 짧은 순간이었지만 밤 산책은 내 기억 속에 선명하게 남았다. 교회 할그림스키르캬, 인도 옆으로 빼곡히 주차되어있던 자동차들, 그림같이 어여쁘던 집 창문에서 새어 나오던 노란 불빛. 레이캬비크의 차가운 밤공기가 오랜 비행의 녹진한 피로를 조금은 덜어주었던 것 같다.

게스트하우스로 돌아가는 길에 24시간 마트를 발견했다. 외국 여행을 가서 마트나 편의점에 들러 물건들을 구경하는 것은 우리 부부의 큰 재미였다. 두근거리는 마음으로 마트에 들어갔다. 물건들을 구경하며 자기 전에 간단히 먹을 것들을 샀다. 그런데 이곳에서 뜻하지 않게 아이슬란드 동전이 생겼다. 아이슬란드에서는 공용 화장실도 카드결제가 될 정도여서 현금 쓸 일이 없다기에 환전을 해놓지 않았다. 그래서 결제할 때 신용카드를 썼는데 점원이 실수로 결제해야 할 금액보다 더 긁어 버린 것이다. 카드를 취소하고 재결제를 할 수도 있었는데 우리는 현금으로 차액을 달라고 했다. 덕분에 아이슬란드 동전이 어떻게 생겼는지 구경하게 되어 도리어 청년의 실수가 고마웠다.

게스트하우스로 돌아와 긴 하루를 마무리했다. 돌이켜 보니 아침에 인천 공항에 있었다는 사실이 믿기지 않았다. 오는 내내 '도대체 언제 도착할까?' 라는 말을 수없이 외쳤다. 그런데 어느새 나는 이곳에 와 있었다. 이제 푹 잠들기만 하면 되는데 머릿속에 둥둥 뜬 고민거리 때문에 새벽까지 잠을 뒤척였다. 사실 렌트카 말고 또 다른 문제가 하나 더 있었다. 아이슬란드 남동쪽에 위치한 회픈지역의 다리가 침수되어 링로드 구간이 막힌 것이다.

아이슬란드 도로 상태를 보여주는 인터넷에 들어가 보니 회픈에 숙소를 예약해둔 날까지 길이 뚫릴 가능성은 전혀 없어 보였다. 길이 뚫린다고 해도 여행 내내 불안에 떨어야 했다. 결단을 내려야 했다. 고민 끝에 예약해둔 숙소들을 다 취소하고 여행하며 숙소를 구해 보기로 했다. 우리는 부킹닷컴에 국제전화를 시도했고 첫날 레이캬비크 숙소 외에 나머지 숙소들을 다 취소했다. 다리가 침수되어 가기 어렵다 말하니 모두 무료 취소를 해주었다.

그리하여 정해둔 일정은 의미 없게 되었고 다시 계획을 짜야만 했다. 일단 회픈 쪽 길이 열리길 바라며 링로드 시계 방향으로 섬을 일주하기로 했다. 세부적인 일정을 어떻게 짜야 할 것인지 머리가 복잡해졌다. 새벽까지 생각은 꼬리에 꼬리를 물고 늘어져 답을 내리지 못했다. 그러다가 내린 결론은 간단했다. 어떻게든 굴러가겠지, 일단 내일만 생각하자. 내일은 싱벨리어 국립공원에 갔다가 그 다음은 그때 생각해보기로 했다.

이른 새벽에 잠에서 깼다. 주섬주섬 옷을 입고 밖으로 나갔다. 레이캬비크는 여명의 푸르스름한 빛으로 차올랐다. 10월의 레이캬비크는 우리나라 초

겨울 날씨 정도였다. 카메라를 메어 들고 한적한 레이캬비크를 걸었다. 새벽 공기는 신선하고 상쾌했다. 거리가 예뻐서 걷기만 해도 기분이 좋아졌다. 어젯밤 잠깐 들렀던 교회가 멀리 보이기 시작했다. 발길은 어젯밤처럼 저절로 교회 쪽으로 향했다. 거리의 다양한 상점들은 모두 문이 닫혀 있었다. 그런데 진열장 불은 너나 할 것 없이 훤했다. 가게 안의 기념품들을 구경하는 재미가 쏠쏠했다.

새벽녘 교회 뒤로는 희뿌연 구름이 잔뜩 끼어 있었다. 교회는 어둠 속에서 보았던 어제보다 더 웅장하게 느껴졌다. 교회 앞에 서 있는 동상은 콜럼버스보다 앞서 아메리카 대륙을 발견한 바이킹 레이프 에릭손의 형상이다. 이 동상은 미국에서 알싱(Althing, 아이슬란드에서 시작된 세계 최초 의회) 창립

100주년을 기념하며 기증한 것이다. 건축가 구드욘 사무엘 손은 아이슬란드 풍경에 영감을 받아 이 교회를 설계했다. 높이가 다른 콘크리트 기둥들이 좌우대칭을 이루며 솟아 있는데 아이슬란드의 주상절리를 표현한 것이다.

나에게는 주상절리 모양의 콘크리트 외관이 차갑고 기괴해 보였다. 미지의 외계 행성에 홀로 우뚝 서 있는 건축물처럼 느껴졌다. 아이슬란드를 여행하다 보면 난생처음 보는 자연의 모습들이 많았다. 그때마다 지구가 아닌 외계 행성 같다는 생각이 떠오르곤 했다. 인간이 만들어낸 교회마저도 아이슬란드다웠다. 교회의 꼭대기에는 마치 트리 같이 생긴 삼각형 구조물이 십자가를 받들며 반짝였다. 저 공간이 아마도 전망대인가 보다. 교회 내부에 있는 엘리베이터를 타고 전망대까지 올라 갈 수 있다고 들었다. 그곳에 서면 레이캬비크가 한눈에 보인다 했다.

7시가 되어갈 무렵 배꼽시계가 알람을 울리기 시작했다. 어제 저녁 마트에서 아침거리를 사두긴 했지만 제대로 된 식사를 하고 싶었다. 혹시 문을 연

레스토랑이 어디 없나 구글맵으로 찾아보니 'Snaps Bistro'라는 호텔 부속 레스토랑이 영업 중이어서 찾아갔다. 벌써 몇몇 숙박객들이 조식을 먹고 있었다. 레스토랑은 온실 안처럼 아늑하고 따뜻했다. 뷔페식으로 구성된 아침, 빵과 햄 그리고 다양한 종류의 치즈들과 샐러드, 향기로운 커피도 같이 곁들였다. 아이슬란드 음식은 비싸고 맛이 없다고 들었는데 우리의 첫 식사는 성공적이었다. 왠지 오늘 하루 모든 일이 잘 풀릴 것만 같았다. 식당 안은 벽과 천장이 모두 유리창이어서 해가 떠오르며 서서히 주위가 밝아지는 것이 느껴졌다. 레이캬비크에 아침이 오고 있었다.

밖으로 나오니 어디선가 맑은 새소리가 들려왔다. 따스한 아침 햇살이 지붕마다 스르륵 스며들고 있었다. 이제 길거리에 사람들이 하나둘씩 보이기

시작했다. 가을을 맞은 레이캬비크는 노랗게 붉게 물들었다. 바스락거리는 낙엽들을 밟으며 게스트하우스로 돌아가는 길에 또 할그림스키르캬를 만났다. 교회는 이른 아침 햇살을 머금은 하늘과 어우러져 신성하고 아름다워 보였다. 교회가 기괴하고 무섭게 보였던 것은 새벽녘 멍든 자국처럼 시퍼랬던 하늘 탓이었나 보다. 레이캬비크의 하늘이 노랗게 타오르고 있었다. 교회 왼편에서 해가 떠오르고 있었다. 고개를 올려 들고 한참 동안 교회를 바라보았다. 레이캬비크는 오래도록 이 교회로 기억 남을 것 같다.

　게스트하우스에 돌아와 짐들을 챙겼다. 새벽에 왔다가 아침 일찍 나가니 스텝이나 다른 숙박객들과 마주칠 일이 없었다. 레이캬비크를 좀 더 즐기다가고 싶었는데 짧은 일정 때문에 그럴 수 없었다. 마지막 날 다시 레이캬비크에서 하룻밤 머물기로 했으니 그때 이곳을 더 돌아보기로 하고 우린 차에 올라탔다. 하늘 위로 해가 번뜩 솟아나 있었다. 강렬할 빛 때문에 운전하는데 몹시 눈이 부셨다. 네비게이션에 싱벨리어 국립공원을 찍어두고 레이캬비크를 떠났다. 차를 타고 얼마나 달렸을까? 이제 더는 건물들이 보이지 않았다. 끝도 없이 펼쳐진 초원과 지평선만이 보일 뿐이었다. 감탄이 절로 나오는 난생처음 보는 풍경에 가슴이 벅차올랐다. 진정으로 아이슬란드에 왔구나, 너무 신이 나서 웃음이 자꾸만 터져 나왔다.

2 . 이 끼 와 무 지 개

싱벨리어 국립공원

레이캬비크에서 싱벨리어 국립공원까지 링로드 1번 국도를 따라 1시간을 달려가야 했다. 아름다운 풍경을 옆에 끼고 가니 종일 운전해도 괜찮을 것 같았다. 조금 전 레이캬비크에서는 분명 맑은 날씨였는데 싱벨리어 국립공원에 가까워지자 갑자기 주위에 짙은 안개가 깔리기 시작했다. 순간 방울방울 비가 쏟아져 내리기도 했다. 어느 장단에 맞춰야 할지 알 수 없는 날씨가 계속되었다. 아이슬란드 날씨는 참으로 변덕스럽다더니 정말이었다. 싱벨리어 국립공원에 도착해 차를 세워 두고 주차료 정산기계를 찾아갔다. 정산기계로 주차료를 결제하고 프린트 된 티켓을 차 안 잘 보이는 곳에 두어야 했다. 미리 알아보지 않았다면 이리 먼저 주차료를 내야 하는 줄 몰랐을 것이다. 주

차료를 냈으니 당당하게 공원 안으로 들어갔다. 가장 먼저 눈에 띈 것은 너른 대지 위를 뒤덮고 있는 초록 이끼들이었다. 포슬포슬한 이끼가 사방 천지에 덮여 있는 모습은 무척 신비로웠다. 저 보드라운 이끼 위에 누우면 침대처럼 푹신할 것 같았다. 가을을 맞은 아이슬란드에는 초록빛 이끼 말고 붉고 노랗게 물든 작은 관목들도 많았다. 가을다운 그런 풍경이었다.

아이슬란드어로 싱벨리어는 '만남의 평원'이라는 뜻이다. 어떠한 만남이 이루어졌길래 이런 이름이 붙었을까? 오래전 아이슬란드로 이주한 바이킹은 이곳에서 세계 최초의 의회인 알싱(Althing)을 개최했다. 1년에 무려 2주 동안이나 노천에서 열리는 이 의회에서는 법을 만들기도 하고 분쟁을 처리하기도 했다. 알싱은 서기 930년부터 1798년까지 지속되었는데 그 시절 의회를 개최했던 자잘한 흔적들이 아직 남아있다. 싱벨리어 국립공원은 그 역사적 가치를 인정받아 아이슬란드에서 유일하게 유네스코 세계문화유산에 등

재 되었다.

하늘은 하얀 구름으로 꽉 차 있었다 그 밑으로는 하얀 구름이 담긴 하얀 호수가 펼쳐졌다. 호수의 이름은 싱벨라바튼, 아이슬란드 남쪽 랑요쿨 빙하에서 흘러든 것으로 아이슬란드에서 가장 큰 호수이다. 호수 북쪽에 있는 실프라(Silfra) 계곡은 스노쿨링과 다이빙 성지로 유명한데, 싱벨리어 국립공원은 유라시아판과 북아메리카판이 만나는 곳으로 호수 속으로 들어가면 두 대륙판의 경계를 제대로 느껴 볼 수 있다. 우리가 찾은 날은 날씨가 추워 다이빙은 커녕 물 속에 손을 담그는 것도 엄두가 나질 않았다. 빙하 다이빙이라니 생각만해도 짜릿하다. 여름에 아이슬란드에 다시 와야 할 이유가 생겼다.

비는 그쳤다 내렸다를 반복했다. 이제 사람들은 익숙해진 듯 누구 하나 우산을 펼치지 않았고 내리는 비를 그대로 맞았다. 우리도 마찬가지였다. 내리는 비를 맞으며 자연스레 걸었다. 비를 맞아도 전혀 언짢지 않았다. 오히려

정화되는 기분이 들었다. 비에 섞인 상쾌한 흙냄새가 코끝을 찔렀다. 이윽고 높은 곳에 올라서서 공원을 내려 보았다. 공원은 알록달록한 빛깔로 물들어 있었는데 자연의 온갖 색들이 다 모여 있었다. 멀리 보이는 호수 위에는 싱그러운 반영이 담겨 있었다. 지평선 쪽으로 눈을 돌리니 구름 뒤에 숨어 있는 거대한 산의 실루엣이 보였다. 우리는 이끼밭 사이로 난 길을 따라 걸었다.

길을 걷다 보니 멀리 보이던 구름이 걷히고 거대한 암산이 모습을 드러냈다. 기괴한 암석들이 병풍처럼 호수를 두르고 있었다. 곧이어 푸른 하늘이 보이기 시작했다. 하얗던 호수는 하늘을 닮아 푸른빛으로 물들었다. 호수를 길게 한 바퀴 둘러 걸었다. 이런 아름다운 풍경을 힘들이지 않고 설렁설렁 산책하듯 걸으며 볼 수 있다는 사실에 감사했다. 싱벨리어 국립공원은 정말 맑고 깨끗한 곳이었다. 길을 걷는 내내 쓰레기를 전혀 보지 못했다. 만약 길을 걷다 쓰레기가 보였다면 누구라도 먼저 나서 쓰레기를 주워갔을 것이다. 행여 가래침이 끓어 오르더라도 꾹 눌러 삼키자고 우리끼리 농담삼아 이야기했다. 작은 관목들과 호수, 그리고 부드러운 이끼들이 뒤섞인 이 아름다운 풍경을 더럽히고 싶지 않았다.

우리는 싱벨리어 국립공원에 단 하나뿐인 카페 겸 안내소 겸 기념품 상점에 들렀다. 건물 안으로 들어서니 고소한 커피향이 코를 찌르며 날 유혹했다. 사람들은 모두 종이컵을 하나씩 들고 따뜻한 커피를 마시고 있었다. 우리도 그들처럼 따뜻한 커피로 쌀쌀함 몸을 달래며 기념품들을 구경했다. 그런데 상점을 둘러 보다가 운명처럼 내가 즐겨 듣던 뷔욕(Bjork)의 베스트 앨범이

나타났다. 신이 나서 집어 들고 계산을 하려는데 점원이 뷔욕을 아냐면서 입에 침이 마르도록 뷔욕 자랑을 하셨다.

뷔욕은 오래전부터 알고 있었지만 그녀가 아이슬란드 출신이라는 것은 뒤늦게 알게 된 터였다. 신비롭고 몽환적인 그녀의 음악은 아이슬란드와 아주 잘 어울렸다. 아이슬란드가 아니었다면 그런 음악은 태어나지도 못했을 것이다. 아이슬란드인들의 직업군 중에 '예술가' 비율이 남다르게 높다는 말을 어디선가 들었던 것 같다. 이런 자연과 함께 살아간다면 나도 절로 예술가가 될 것 같다. 싱벨리어 국립공원에서 뷔욕 앨범을 샀으니 이제 그녀의 음악을 들으며 아이슬란드 여행을 떠올릴 수 있게 되었다. 기분 좋게 앨범을 챙겨 들고 상점을 나섰다.

무지개

싱벨리어 국립공원을 둘러보고 나와서 아름다운 폭포 글리무르(Glymur)로 향하는 길이었다. 차를 타고 잿빛 링로드 위를 달렸다. 도로 위는 고요 속에 잠겨 있었다. 지나다니는 차들이 별로 없어서 도로 위를 전세 낸 기분이었다. 차 안에 커다란 음악소리만 가득 울려 퍼졌다. 차창밖으로 보이는 풍경이 아주 근사했다. 커다란 구름 덩어리들이 하늘을 가득 채우고 있었고 벌거벗은 돌산은 구름 그림자 때문에 얼룩덜룩했다. 너른 초지 위로는 양과 말들이 한가로이 시간을 보내고 있었다.

우리의 점심 식사 계획은 글리무르에 도착한 뒤, 차 안에서 간단히 컵라면 같은 것들로 배를 채우는 것이었다. 그런데 링로드를 달리던 와중 이름 모를 어느 산 아래 생뚱맞게 놓인 하얀 테이블을 발견했다. 멀뚱히 놓인 테이블은 얼른 여기 와서 뭐라도 먹고 가라며 우리에게 이야기를 건네는 듯 하얗게 번뜩였다. 우린 하얀 테이블에 이끌려 근처에 차를 세웠다. 그리고 음식들을 챙겨 들고 밖으로 나와 테이블 위에 펼쳐 놓았다. 뜨거운 물이 담긴 보온병, 콩나물 해장국밥, 컵라면, 과일, 김, 샌드위치. 한국에서부터 챙겨 온 것들과 현

지 마트에서 산 것들의 콜라보였다. 사방에 펼쳐진 끝내주는 풍경 덕분에 근사한 레스토랑에 온 기분이 들었다. 우리는 기념사진을 몇 컷 남기고 행복한 점심 식사를 시작했다. 국물 한 방울도 남김없이 모조리 뱃속으로 다 집어넣었다.

아마도 세상에서 제일 맛있었던 콩나물국밥과 컵라면이지 않았을까? 근사한 점심 식사를 마치고 흙먼지를 털고 일어나 다시 차를 타고 링로드 위를 달렸다. 우리 어디론가 갈 수나 있을까? 자꾸 멈춰서다 보니 목적지까지 가기 참 어려웠다. 아름다운 곳들이 시선을 끌어서 자꾸만 차를 세우게 되었다. 아니나 다를까 우린 또다시 차를 세우고 말았다. 호수인지 바다인지 모를 곳 위로 커다란 무지개가 피어 있었다. 이번에는 커다란 무지개에 이끌려 갓길에 차를 세워 두고 이끼 벌판 위를 걸었다. 발을 뻗을 때마다 땅이 쑤욱 들어

갔다가 툭 튀어 나왔다. 솜사탕 위를 걷는다면 이런 기분일 것이다. 폭신폭신한 이끼 위라면 굴러떨어져도 전혀 아프지 않을 것 같았다.

거대한 무지개는 고개를 있는 힘껏 들어 우러러보아야 했다. 무지개 한쪽이 구름에 가려 완벽한 형태의 반원은 보이지 않았다. 우리는 한참 동안 사진을 찍었다. 아무리 담아내어도 눈으로 보는 것만큼의 감동은 사진에 스며들지 않았다. 이제 더 여한이 없을 정도로 사진을 찍고 나서야 사진기를 내려놓았던 것 같다. 그리고는 멍하니 무지개를 바라보았다.

어릴 적부터 하얀 스케치북 위에 크레파스로 빨주노초파남보 무지개를 수도 없이 그렸었다. 하지만 진짜 무지개를 본 기억은 흐릿하기만 했다. 보았던 것 같으면서도 착각인 것 같은 느낌이 든다. 두둥실 무지개가 떠 있는 풍경이 익숙하면서도 생경해서 눈을 뗄 수가 없었다. 시간이 흐르고 얼마 뒤 구름이 걷혔다. 하얀 구름에 가려졌던 무지개가 서서히 보이기 시작했다. 손에 잡힐 것 같은 진한 빛깔의 무지개였다.

호수 위로 찬란한 무지개가 그대로 담겨 있었다. 하늘에 뜬 무지개와 호수 위에 뜬 무지개. 기가 막히는 풍경이었다. 눈앞에 보이는 무지개를 두고 돌아서기가 쉽지 않았다. 한참을 이끼 벌판 위에 서 있다가 다시 차에 올랐다. 다시 링로드 위를 달렸다. 날이 좋아지고 있었다. 구름이 걷히고 새파란 하늘이 눈에 들어왔다. 글리무르까지 가는 길 내 마음은 설렘으로 가득 찼다.

3 . 글리무르

아이슬란드 여행을 준비하며 어디를 갈 것인가 이곳저곳 찾아보던 와중에 내 마음을 움직였던 신비로운 사진이 하나 있었다. 초록색 이끼로 뒤덮인 협곡 사이로 시원한 물줄기가 쏟아지고 있는 사진이었다. 사진 속 장소가 어디인가 찾아보니 이곳은 아이슬란드 서쪽 흐발피오르드 깊숙한 곳에 자리를 잡은 글리무르(Glymur)라는 폭포였다. 우리는 사진 속 그 폭포로 가는 중이었다. 싱벨리어 국립공원에서 흐발피오르드 해안선을 따라 먼길을 달려왔다. 흐발피오르드는 아이슬란드어로 '고래 피오르드'를 뜻한다. 옛날 옛적 이 근처 바다에 고래가 살았기 때문이라는 설이 있고, 피오르드 모양이 고래처럼 생겼기 때문이라는 설도 있다. 모든 이야기는 전설처럼 남아있을 뿐이다.

차창 밖으로 보이는 아이슬란드 풍경은 가을로 물들어 있었다. 따스한 붉은빛으로 물든 키 작은 관목들이 여기저기 흩어져 있었다. 아이슬란드에서는 키 큰 나무들을 보기 힘들었다. 주로 작은 관목들이나 이름 모를 풀, 이끼들이 대부분이었다. 가끔 키 큰 나무들이 군락을 이루며 솟아 있었는데 누가 보아도 억지로 심어 놓은 것처럼 어색한 모양이었다.

글리무르에 다 왔을 즈음 비포장 길이 나타났다. 차가 지나갈 때마다 작은 자갈들이 퐁퐁 위로 튀어 올랐다. 차가 긁힐까 마음이 조마조마했다. 렌트카를 빌릴 때 자갈 관련 보험이 있었는데 왜 그런 보험이 존재하는지 비로소 알게 되었다. 이윽고 글리무르 주차장에 도착했다. 공원에서 글리무르로 곧장 왔다면 1시간이면 충분했을텐데 중간에 옆길로 새버려서 오랜 시간이 걸렸다. 튼튼한 등산화로 갈아 신고 배낭 안에 물과 먹을 것들을 차곡차곡 챙겨 넣었다. 어깨 위로는 꽤 무거운 카메라를 맸다.

'글리무르(Glymur)'라고 적힌 안내판을 따라서 꽤 오랫동안 길을 걸었다. 처음에는 평탄하고 걷기 좋았으나 시간이 지날수록 길은 험해졌다. 때때로 숨이 차오를 때면 잠깐 길을 멈추고 주위를 둘러보곤 했다. 그때마다 사방으로 보이는 모든 풍경이 참 아름다웠다. 그 모습들을 잊지 않으려고 눈에 꾹꾹

담아냈다. 거대한 암산과 세차게 흐르는 푸른 물줄기 그리고 붉게 물든 대지.

우리는 암산 위를 걷다가 아찔한 높이의 바위 위로 올라섰다. 아래를 살짝 내려 보았더니 정신이 아득해졌다. 조금이라

034

도 발을 헛디디면 곧장 절벽 아래로 떨어져 죽을 것 같았다. 두려움을 꾹 참고 바위 위에 올라섰다. 먼 곳을 바라보니 어느새 공포는 사라지고 가슴 벅찬 감동만이 남았다. 양팔을 벌리고 서서 바람을 온몸으로 느꼈다. 이 낯선 가을 풍경과 내가 하나가 된 기분이 들었다.

글리무르 안내판을 따라 걷던 중에 세차게 흐르는 강이 하나 나타났다. 조그만 안내판은 강 너머를 가리키고 있었다. 설마 이 강을 건너 가라는 것인가? 물은 대차게 흐르고 있었고 깊이를 가늠할 수 없었다. 강 사이에는 아찔한 외나무다리 하나가 덩그러니 놓여 있었다. 그저 재미로 만들어 놓은 것이겠지, 분명 다른 길이 있겠지 생각하며 눈을 요리조리 굴려 보았지만 허탕이었다. 길은 오직 외나무다리 뿐이었다. 다리 근처에서 어찌해야하나 불안하게 서성이고 있는데 몇몇 사람들이 조심스럽게 외나무다리를 건너기 시작했다. 사람들은 얇고 기다란 밧줄을 부여잡고 외나무다리 위를 천천히 건너갔다. 우리는 숨죽이며 그 모습을 바라 보았는데 사람들은 차례차례 강을 무사히 건너갔다. 용기가 생긴 우리는 다리를 건너보기로 했다. 극도의 긴장 상태에서 줄을 붙잡고 한 발자국씩 움직이며 외나무다리를 건넜다. 건너던 중 한쪽 발이 강물에 빠져서 발목까지 흥건하게 젖어버렸다. 발을 뻗을 때마다 등산화에서 물이 죽죽 흘러나왔다. 축축한 늪지대를 걷고 있는 기분이었다. 질척거리는 발을 이끌고 한참을 더 걷다가 문득 뒤를 돌아보니 우리가 건너온 외나무다리가 아주 작게 보였다. 강을 건너려는 사람들은 개미만큼 조그맣게 보였다. 무섭게만 보였던 강은 멀리서 보니 쭉 뻗은 자태가 아주 근사했다.

그러다가 우리는 아주 거대한 협곡과 마주쳤다. 깊은 골짜기에 푸릇한 이끼들이 빽빽하게 들어차 있었다. 갈 길이 멀었으나 눈앞에 보이는 협곡이 아름다워서 쉽사리 발을 뗄 수 없었다. 우리는 잠시 걸음을 멈추고 흐르는 물줄기를 바라보았다. 금방이라도 날개 달린 요정들이 튀어나와 노닐 것만 같았다. 아이슬란드 사람들 대부분은 아직도 요정의 존재를 믿는다고 한다. 평생을 이런 풍경들을 보고 살아간다면 의심투성이인 나도 요정이 살아있다고 믿지 않을까. 오랫동안 협곡을 바라보다가 다시 폭포를 향해 걷기 시작했다. 사실 나는 체력적으로 너무 힘들었기 때문에 마음 같아서는 이대로 멈추고 돌아가고 싶었다. 앞으로 더 나아간다면 돌아가는 길도 더 멀어질 것이니 겁이 났다. 하지만 내 불안한 마음과는 달리 두 다리는 의식이 없는 기계처럼 계속해서 앞을 향해 걷고 있었다.

산을 오르며 뒤를 돌아보니 방금 지나온 곳들이 벌써 아득하게 멀어져 있었다. 아득해질수록 우리는 고지에 더 가까워지고 있었다. 끝이 곧 온다고 생

각하니 갑자기 힘이 솟았다. 그리고 마침내 어느 절벽 위에 올라섰다. 눈앞에 글리무르 폭포가 쏟아져 내렸다. 감격스러웠다. 네다섯 되는 사람들이 절벽 위에서 열심히 사진을 찍고 있었고, 어느 프랑스 청년은 드론을 띄우고 있었다. 우리는 그들 사이에 서서 기념사진들을 남겼다.

글리무르의 높이는 198m로 얼마 전까지만 하더라도 아이슬란드에서 가장 높은 폭포였다. 그런데 바트나요쿨 빙하를 탐사하던 중 이보다 더 높은 폭포가 발견되는 바람에 글리무르는 두 번째로 높은 폭포가 되었다. 두 번째라는 수식어가 붙었지만 우리가 마주친 세상에서는 글리무르가 최고로 높은 폭포였다. 폭포를 바라보고 있자니 물이 쏟아져 내리는 깊은 협곡 속으로 빨려 들어갈 것 같았다. 이런 장면은 컴퓨터 윈도우 바탕화면이나 영화, 달력 속에서나 보던 것이었다. 정말 황홀한 풍경이었다.

이제 가면 언제 다시 올 수 있을까? 아마도 내 생의 마지막이겠지, 그런 생각이 드니 돌아서는 발걸음이 무거웠다. 우리에겐 다음 여정이 있었기에 돌아가야만 했다. 그리고 돌아가려면 왔던 길을 따라 다시 걸어가야 했다. 그리고 또다시 외나무다리를 통해 강을 건너야 했다. 이제 겨우 말라가는 등산화와 양말이 또 흠뻑 젖을 생각을 하니 아찔했다. 곧 데자뷔처럼 우리는 다시 외나무다리를 건넜고 발을 적시고 말았다. 하산길에도 발을 디딜 때마다 차가운 물을 죽죽 내보내며 걸어왔다. 아마 오늘 내로 발이 마르기는 글렀다.

주차장으로 돌아가는 길은 글리무르를 향해 오르던 길보다 더 길게 느껴졌다. 떠나는 길이라서 그렇게 느껴졌나 보다. 걸어도 걸어도 우린 계속 나

아가야 했다. 어떻게 이 기나긴 길을 따라 글리무르까지 올라갔는지 모르겠
다. 이윽고 글리무르 주차장에 도착한 우리는 젖은 등산화를 홀랑 벗어 던지
고 편안한 운동화로 갈아 신었다. 그리고 나니 갑작스레 피로가 훅 몰려왔
다. 우리는 마트에 들러 저녁 장을 보고 숙소로 가기로 했다. 마트가 문을 닫
기 전에 도착하려면 서둘러야 했다. 우리는 글리무르를 뒤로하고 보르가네스
(Borganess)로 향했다.

4 . 구 름 과 폭 포

구름 구름 구름

우리의 원래 계획은 스나이스펠스 반도 쪽 일몰 명소인 론드란가르에 들러 노을로 물든 바다를 보는 것이었다. 하지만 글리무르 트레킹을 마치고 주차장으로 돌아오니 생각보다 더 많은 시간이 흘러가 있었다. 마트에서 장을 보고 곧장 숙소에 가기에도 시간이 빠듯했다. 여행은 언제나 계획대로 되는 법이 없었다. 좋든 싫든 상황에 맞춰서 행동해야 했다. 우리는 어쩔 수 없이 론드란가르를 포기하고 마트에서 장을 본 뒤에 숙소에 가기로 했다.

우리가 하룻밤 묵을 곳은 그룬다피오르드(Grundarfjordur) 근처에 있는 에어비앤비로 예약한 독채였다. 숙소 주변에는 늦은 시간까지 문을 여는 마트나 식당이 전혀 없었기 때문에 중간 지점인 보르가네스(Borgarnes)에 있

는 마트에 들러 장을 보기로 했다. 구글 지도 앱에 마트를 검색해 보니 오후 6시 30분이면 문을 닫는다는데, 우리의 도착 예정시간은 오후 6시 28분이었다. 이제 관건은 문을 닫기 전 마트에 도착하는 것이었다.

보르가네스의 마트까지는 글리무르 주차장에서 대략 40분 정도 국도를 달려가야 했다. 차장 너머를 바라보았는데 어느새 하늘에는 구름이 꽉 들어차 있었다. 보르가네스에 더 가까워질수록 날씨도 더 나빠졌다. 이상한 날씨 때문인지 왠지 모르게 예감이 좋지 않았다. 이날 저녁은 여기서부터 꼬였던 것일까?

서둘렀던 덕분인지 우리는 마트가 문 닫기 직전에 무사히 도착했다. 바삐 마트 안으로 들어가서 후다닥 쇼핑을 하려 했는데, 영업시간이 지났건만 사람들은 여유롭게 장을 보고 있었다. 서둘러 온 것이 무색해지는 순간이었다. 우리는 저녁거리로 냉동 대구와 소고기를 사고 초콜릿, 요거트 같은 간식거리들도 샀다. 그리고 근처 다른 가게에서 드디어 유심칩을 샀다. 이제 와이파이 없이도 인터넷을 사용할 수 있으니 여행은 더 편리해질 것이다. 쇼핑을 마치고 밖으로 나오는데 하늘에서 비가 뚝뚝 내리기 시작했다. 구름이 심상치 않더니 결국 비가 내리고 말았다. 방수되는 바람막이를 입고 있었더니 빗방울들이 옷 밖으로 퉁퉁 튕겨 나갔다.

해가 저물자 세상은 칠흑같이 어두워졌다. 가로등 하나 없는 캄캄한 어둠 속을 열심히 달려갔다. 그러다가 어느 순간 비포장도로가 나타났는데, 자잘한 돌들이 차 위로 튀어 올라서 운전하기가 어려웠다. 이윽고 호스트가 보내준 집 주소에 도착했는데 앞이 보이질 않으니 우리가 묵을 집이 어디인지 알 수가 없었다. 그렇게 한참을 더 헤매다가 겨우 숙소를 찾아냈고 그 근처에 조심스럽게 주차를 한 뒤 작은 네모난 집 안으로 들어갔다.

숙소 앞에 바다가 펼쳐져 있었지만 어두웠던 탓에 눈앞에 보이는 것이 바다인지 하늘인지 구분할 수 없었다. 아이슬란드에서 날씨가 얼마나 중요한지 다시금 깨달았다. 별과 오로라를 보고 싶어서 일부러 이리 외진 곳에 숙소를 잡았건만, 하늘은 먹구름으로 가득해서 오로라는커녕 별 하나도 볼 수 없었다. 하지만 우리에게는 더 큰 문제가 있었다. 세상에나, 숙소 안에 요리할 곳이 없었다. 예약할 때 숙소 사진에 주방이 있는 것을 보고 당연히 취사가 되는 곳이겠거니 생각했던 내 잘못이었다. 힘겹게 마트에서 재료들을 샀는데 요리를 할 수가 없다니, 그렇다고 근처에 저녁을 해결할 수 있는 식당이 있는 것도 아니었다. 지푸라기를 잡는 심정으로 호스트에게 우리의 사정을 이야기했더니 우리에게 전기 인덕션과 후라이펜, 냄비를 가져다주었다.

　이른 아침부터 시작된 빡빡한 일정은 숙소에 와서도 끝이 나지 않았다. 이제 저녁 식사를 해결하기 위해 요리를 해야 했다. 그런데 나는 실신한 듯이 침대 위로 뻗어버리고 말았다. 연체동물이 된 것처럼 온몸에 힘이 풀려 흐물거렸다. 남편은 그런 내가 안쓰러운지 요리가 끝나면 깨울 것이니 좀 자두라고 말하며 홀로 요리를 시작했다. 침대 위에서 스르르 곯아떨어진 나, 얼마나 시간이 흘렀을까 잠에서 깨니 눈앞에 만신창이가 된 남편이 보였다.

　대구가 꽝꽝 얼어있던 탓에 해동에서부터 굽기까지 아주 오랜 시간이 걸렸다고 한다. 남편은 거의 2시간 동안 익지 않는 대구와 사투를 벌였다. 요리하는 동안 대구 냄새에 질려 버렸는지 남편은 대구는 입에 대기도 싫다고 했다. 애쓴 보람도 없이 익은 대구는 비린내가 너무 심해 먹을 수가 없었다. 우리에게는 소고기도 있었으나 인덕션의 문제인지 고기의 문제인지 역시 맛이 없었다. 아마도 내 생에 제일 맛없던 구이요리가 아니었을까 싶다. 둘 다 너무 피곤한 상태여서 설거지고 뭐고 내일 아침에 일어나서 싹 다 정리하기로 했다. 괜히 힘들게 요리하고 먹지도 못한 채 음식물 쓰레기만 가득 쌓였다. 앞으로 아이슬란드에서 절대 요리하지 않기로 다짐했다. 우리는 녹진한 피곤을 머리에 이고 잠들었다.

　아침이 되어 유리창 밖을 바라보니 찌뿌둥한 바다가 보였다. 어제처럼 하늘에는 구름이 잔뜩 끼어 있었다. 역시 푸르른 하늘은 보이지 않았다. 날씨가 참 아쉬웠다. 마법을 부려서 하늘을 화창하게 만들 수 있다면 얼마나 좋을까? 나쁜 날이 있으면 좋은 날도 있기 마련이다. 앞으로 좋은 일들이 생기겠거니 생각하며 우리는 다시 여행을 시작했다. 우리는 아이슬란드 서쪽 키르큐펠에 들렀다가 곧장 남쪽에 위치한 비크까지 가기로 했다.

원래 우리의 계획은 아이슬란드 북부를 거쳐 섬을 시계방향으로 한 바퀴 도는 것이었다. 그런데 남동쪽 회픈(Hofn) 지역의 다리가 침수되어 언제 복구될지 모르는 상황이었다. 행여 길이 복구되지 않는다면 왔던 길로 다시 돌아가야만 했다. 만약 그렇게 된다면 마지막 날에는 종일 운전만 해야했다. 그러기는 싫어서 계획을 변경한 것이다. 인연이 닿는다면 언젠가 다시 아이슬란드를 찾아오겠지, 그때 아이슬란드 북부와 동부를 마저 보기로 하고 과감히 아이슬란드 남쪽 비크(Vik)로 방향을 틀었다.

키르큐펠

인터넷을 통해 처음 키르큐펠(Kirkjufell) 사진을 보았을 때 사진 속 풍경은 마치 컴퓨터 그래픽으로 만들어낸 것처럼 놀랍고 낯설었다. 우뚝 솟은 삼각뿔 모양의 산과 쏟아지는 거대한 폭포들은 SF 영화에서 나올법한 모습이었다. 곧 사진 속 풍경은 나에게 현실이 된다. 부푼 기대를 안고 키르큐펠로 가는 길, 애석하게도 머리 위로 뿌연 구름이 가득했다. 어제부터 날이 흐리더니 도무지 나아질 기미가 보이지 않았다. 하늘에서 당장 우르르 비가 쏟아져도 전혀 이상할 것 없는 날씨였다.

우리는 주차장에 도착해 차를 세우고 무거운 카메라를 챙겨 나왔다. 키르큐펠은 사진을 좋아하는 사람이라면 누구나 욕심이 생기는 그런 곳이었다. 왠지 이곳에서는 챙겨온 카메라로 제대로 된 사진을 찍어보고 싶었다. 길을 따라 걷다 보니 곧 눈앞에 큰 산이 보이기 시작했다. 키르큐펠은 내가 생각했던 것보다 훨씬 더 컸다. 인터넷에 떠도는 사진은 대부분 풍경만 덩그러니 있어서 이렇게 큰 산인 줄 몰랐었다. 산 아래 놓인 집이 개미처럼 작게 보였다.

뾰족한 산의 꼭대기는 허연 구름에 가려서 보이지 않았다. 봉긋 솟은 산봉우리를 보고 싶어서 한동안 뚫어지게 꼭대기를 바라보았다. 그런데 희뿌연 구름은 도무지 다른 곳으로 갈 생각이 없어 보였다. 포기하고 탐방로를 따라서 계속 걸었는데 구름이 흘러 지나가며 간혹 봉우리가 제 모습을 드러내기

도 했다. 봉우리가 보일 때면 우리는 저절로 탄성을 내질렀다. 꼭대기가 보이
니 그제야 진정 키르큐펠 같아 보였다.

키르큐펠(Kirkjufell)은 아이슬란드어로 '교회 산'이란 뜻이다. 하늘로 솟
아오른 봉우리의 모양이 마치 교회처럼 생겨서 그런 이름이 붙었나? 난 아무
리 보아도 교회 같아 보이진 않았다. 키르큐펠 옆으로 폭포들이 세차게 떨어
졌다. 물줄기들은 떨어지며 거센 물보라를 일으켰다. 폭포가 떨어지는 절벽
위로 난 길을 따라 걷는 사람들은 미니어처 모형처럼 아주 조그맣게 보였다.

하늘은 여전히 찌뿌둥했다. 도대체 어디서 오는 것인지 구름은 끝없이 계
속 몰려왔다. 코에 닿는 축축한 공기에서 흙내가 느껴졌다. 키르큐펠 주변에
는 날아다니는 새들이나 지나다니는 들짐승들이 없었다. 사람들이 없었더라
면 공허한 바람 소리와 끝없이 이어지는 폭포 소리만 들렸을 것이다. 저 산은

얼마나 오랜 세월 저 자리에 서 있었을까? 인간인 나는 감히 상상할 수도 없는 아주 길고도 깊은 시간일 것이다.계속 길을 따라서 걷다 보니 눈에 익숙한 풍경이 나타났다. 삼각뿔 모양의 솟아오른 봉우리와 세 줄기로 흘러내리는 거대한 폭포가 한눈에 들어왔다. 사진으로 많이 보았던 키르큐펠의 모습이었다. 마음속으로 계속 이 광경을 고대했었다. 가슴이 벅차올랐다. 산봉우리 근처로 구름이 빠르게 지나다니며 파란 하늘이 언뜻 보이다 말다를 반복했다. 나는 폭포가 떨어지는 절벽 위에 올라 소용돌이치는 물웅덩이를 바라보았다. 푸르딩딩한 수면 아래에는 또 얼마나 깊은 세상이 있을까.

결국 봉우리는 우리에게 온전한 제 모습을 드러내지 않았다. 끝끝내 구름이 완전히 걷히지 않았기 때문이다. 날씨가 좀 더 좋은 날에 왔더라면, 오늘이 아닌 내일 이곳에 왔더라면, 아니 내일도 할 것 없이 어제 이곳에 왔더라면…. 여행에 '만약'이라는 것이 덧칠해지기 시작하면 절대 끝이 없었다. 그래서 아쉬운 것은 아쉬운 대로 고스란히 그대로 남겨두고서 여행을 계속했다. 좋은 기억은 좋은 대로, 또 아쉬운 기억은 아쉬운 대로 오래 남아 결국 모두 그리운 추억이 될 것이다.

이끼와 랑구스틴

다시 시작된 여정. 우리의 최종 목적지는 비크(Vik)였으나 곧장 가기에는 체력적으로 무리였다. 그래서 어제 급하게 셀포스(Sellfoss) 근처에 숙소를 잡았다. 오늘은 숙소까지 가는 것을 목표로 삼고 중간중간 쉬어가기로 했다. 운명의 장난인지 어제 들렀던 보르가네스가 또 중간 지점이라 잠깐 들러서 점심 식사를 해결하기로 했다.

키르큐펠에서 보르가네스로 가는 길에 검은 돌과 연두색 이끼가 서로 뒤섞인 넓은 평원을 보게 되었다. 도무지 끝이 어딘지 알 수 없는 장대한 들판이었다. 눈길을 사로잡는 낯선 풍경을 좀 더 자세히 보고 싶어 차를 멈춰 세웠다. 갓길에 세워 둔 차에서 나와 잠시 주위를 걸었다. 포슬포슬한 이끼들이 돌무더기 위를 촘촘하게 덮고 있었다. 어지럽게 쌓여있는 검은 돌에는 구멍이 송송 나 있었다. 제주도 해변에서 자주 보았던 현무암 같은 모양이었다. 멀리 보이는 산 위로는 희뿌연 구름이 자욱했다. 이끼 들판 위로는 작은 난쟁이들이 뛰어다닐 것 같았다. 내 두 눈 속에 담긴 세상은 동화 속 세상처럼 신비롭게 보였다. 아이슬란드는 섬 전체가 화산 지대이다. 그 위로 이불처럼 덮

인 이끼들은 수 세기 동안 겹겹이 쌓인 결과물이다. 이끼를 살짝 만져보니 폭신한 눈을 만지는 듯 부드러웠다. 군데군데 이름 모를 이파리들이 붉게 물들어 있었다. 저 이끼 위에 누워 하늘을 바라 본다면 어떤 기분일까? 몽글거리는 구름 위에 누워있는 기분일 것 같다.

망망대해처럼 끝없이 펼쳐진 이끼 들판이 시야에서 사라지고 건물들이 보이기 시작했다. 드디어 보르가네스에 도착했다. 구글맵을 뒤적이다가 평점이 꽤 괜찮은 어느 식당을 찾아갔다. 보르가네스의 'Veitingar'라는 이름을 가진 식당이었다. 이 식당은 점심 뷔페를 주력으로 하는 곳이었지만 우리는 따로 먹고 싶은 음식들이 있어서 단품 요리들을 주문했다. 양으로 만든 수프, 랑구스틴 샐러드, 대구 요리와 아이슬란드 맥주, 베리 주스를 주문했다.

먼저 식전 빵과 수제 버터가 나왔다. 하얀 수제 버터는 순두부같이 부드럽고 치즈처럼 고소했다. 갓 구운 빵에 버터를 잔뜩 발라 먹으니 다른 음식이 필요 없을 정도였다. 한껏 기대감이 차올랐다. 이어서 양 수프와 랑구스틴 샐러드가 나왔다. 수프는 특유의 양고기 향이 나긴 했지만 진하고 맛이 깊었다. 뜨끈한 국물이 목구멍 안으로 들어가니 몸이 살살 녹아내렸다. 그리고 아이슬란드에서 꼭 먹어보고 싶던 랑구스틴, 도톰한 살을 입속으로 넣으니 스르륵 녹아 버렸다. 아니 이거 정말 맛있는걸? 풀들이 가득한 샐러드임에도 가격이 엄청났던 이유는 바로 이 랑구스틴 때문이었다. 비싼 가격이었지만 맛있으니 고개가 절로 끄덕여졌다. 마지막은 대망의 대구 요리였다. 대구를 보니 마트에서 냉동 대구를 사다가 요리해서 망했던 기억이 떠올랐다. 걱정 반 기대 반, 과연 대구는 맛있을까? 대구살을 베어 무는 순간 고소한 크림소스와 부드러운 고기의 맛이 환상적이었다. 웃프다. 마트에서 산 우리의 대구는 어쩜 그리도 맛이 없었을까나?

아이슬란드 음식은 맛이 없다고 들었는데 우리가 먹은 음식들은 모두 대성공이었다. 이렇게 맛있다면 앞으로 계속 사 먹을 수밖에 없겠는데? 하지만 아이슬란드의 물가는 아주 비싸다고 소문이 자자하다. 매일 외식으로 끼니를 해결하다가는 통장이 텅텅 빌 수도 있다. 아이슬란드에서 주로 요리를 해서 먹기로 했는데 냉동 대구 사건이 요리에 대한 열의를 싹 사라지게 만들었다. 한국에서 각종 국밥과 컵라면을 잔뜩 사와서 다행이다. 통장도 지키고 우리 입맛도 지킬 수 있으니 말이다.

굴포스

따끈한 커피 한 잔을 호호 불어 마시며 마트에서 장을 보았다. 이제 숙소가 있는 셀포스(Sellfoss)에 도착하면 하루는 끝이 난다. 그런데 곧장 숙소로 가기는 왠지 아쉬웠다. 일분일초라도 더 많이 경험하고 느끼고 싶었다. 구글맵을 켜놓고 한동안 고민하다가 굴포스로 향했다. 굴포스까지는 자동차로 2시간 거리였다. 그리고 굴포스에서 셀포스까지는 1시간 정도 걸리니 거쳐 가기 적당했다. 그렇게 다시 긴 운전이 시작되었다. 때늦은 오후 햇살을 머금어 누래진 구름이 푸른 하늘을 떠다녔다. 한국에서 차를 끌고 어디론가 갈 때면 늘 주위에 높고 낮은 산들이 보였었다. 그런데 아이슬란드에서 차창 밖으로 시선을 던지면 여지없이 지평선이 보였다. 지평선이 보이는 풍경은 아무리 보아도 계속 신기했다. 얼마나 더 이곳에 머무르면 저 지평선에 익숙해질까?

굴포스 주차장에 도착해서 잠깐 화장실에 들렀다. 아이슬란드는 관광지마다 깨끗한 화장실이 있어 편리했다. 대부분 유료였고 어떤 화장실이든 쉽게 카드결제가 가능했다. 그런데 굴포스 여자 화장실은 카드결제가 먹통이었다. 몇 번을 시도해도 결제가 되질 않는데 날이 어두워지기 시작하니 초조했

다. 이러다가 굴포스를 못 보는 것은 아닌가 생각이 들어 생리현상을 꾹 참아 보기로 했다. 잘 닦인 길을 따라서 터벅터벅 걸었다. 주위가 어두워지니 날씨는 더 쌀쌀해졌다. 덩달아 매서운 바람이 우릴 날려버릴 것처럼 불어댔다. 길끝으로 하얀 물안개가 피어오르는 모습이 보이기 시작했다. 굴포스에 가까이 다가서니 엄청난 물보라 때문에 시야가 흐려졌다. 물방울들이 사방팔방 튀는데 얼음같이 차가웠다. 폭포에 더 가까이 갔다가는 얼음같이 차가운 물로 샤워를 할 판이었다.

굴포스(Gullfoss)는 아이슬란드어로 황금(Gull) 폭포(Foss)를 뜻한다. 폭포에 황금 알갱이라도 들어있어 그런 이름이 붙었나 싶었지만 흐르는 물은 기친 회색빛이었다. 위에서부터 2단으로 떨어지는 폭포의 전체 높이는 무려 32m에 달한다. 한눈에 다 담기지 않는 아주 거대한 크기였다. 가파른 낭떠러지 밑으로 끊임없이 거센 물줄기가 쏟아졌다. 지구가 입을 크게 벌리고 쉴 틈 없이 물을 받아 마시고 있는 것처럼 보였다. 과거 굴포스는 사유지였던 적이 있었다. 땅의 주인은 이곳에 수력발전소를 세우려고 했으나 엄청난 반대 여론에 부딪혀 개발 사업을 취소했다. 이후 아이슬란드 정부는 사유지였던 굴포스를 사들여 지금까지 관리하고 있다. 굴포스는 싱벨리어 국립공원과 함께 골든써클(Golden Circle)이라 불리며 아이슬란드에서 아주 유명한 관광지가 되었다. 만약 굴포스가 개발되었다면 이런 진풍경은 볼 수 없었을 것이다.

폭포 위로 하얀 물방울들이 만들어낸 연기가 계속 뿜어져 나왔다. 웅장한 규모에 걸맞게 폭포가 떨어지는 소리도 아주 우렁찼다. 마치 천둥이 치는 것처럼 느껴지던 소리는 너무나도 커서 서로에게 말하는 목소리가 잘 들리지 않았다. 우리는 악악 소리를 지르며 말해야만 했다. 계단을 계속 걸어 올라가 마침내 꼭대기에 다다르니 눈앞에 굴포스의 전경이 펼쳐졌다. 위에서 바라보니 그저 숨이 턱 막힐 뿐이었다. 경이롭다. 이제 날이 제법 어두워졌다. 구름이 자욱하게 깔린 하늘에 노을이 언뜻 비쳤다. 굴포스를 마지막으로 길고도 짧았던 우리의 하루가 드디어 끝이 났다. 이제 셀포스 근처에 잡아둔 숙소로 갈 차례였다.

5 . 지 평 선

셀포스

컴컴해진 밤길을 헤치며 숙소를 향해 달렸다. 아무래도 밤 운전은 낮보다 훨씬 더 조심스러웠다. 전조등을 켜지 않는다면 세상은 검은 장막이 드리워진 듯 아무것도 보이지 않는 어둠뿐이었다. 1시간 정도 국도를 따라 달렸더니 셀포스 숙소에 무사히 도착했다. 아침부터 부지런히 움직인 덕분에 여기까지 올 수 있었다. 어제 숙소를 잡느라 우리에게는 선택의 여지가 별로 없었다. 이곳에 남아있던 방이 4인 기준 스튜디오뿐이라 덥석 예약했는데 호스트 아주머니는 두 사람이 찾아온 것을 보고 고개를 갸우뚱했다. 마침 이곳을 예약한 다른 팀 네 명이 체크인 중이었다. 4인 여행객들은 2인 기준 방을 예약했고, 우리 둘은 4인 기준 스튜디오를 예약했으니 아주머니가 헷갈릴 법도 했다. 호스트 부부는 넓은 별채가 우리가 예약한 방이 맞다는 것을 확인하고 는 조금만 기다려 달라며 호탕하게 웃었다. 우리가 도착하기 전 방안을 4인 기준으로 셋팅해 놓아서 정리가 필요하다고 했다. 두 사람은 방 안으로 들어 가서 커다란 매트리스와 이불을 차례차례 꺼냈다. 매트리스가 어찌나 크던지 두 사람이 온 힘을 다해 끙끙거리며 옮겼다. 이럴 줄 알았으면 예약할 때 두 명이 간다고 미리 말해둘 것을 그랬다.

우리가 예약한 스튜디오는 없는 것 빼고는 다 있는 야무진 숙소였다. 심지 어 와플 메이커까지 있었다. 취사는 물론이요 폭신한 침대 위에 누워 뒹굴거 리며 TV까지 볼 수 있었다. 주방은 갖가지 조리 기구들의 향연이었다. 하지 만 아쉽게도 이곳의 조리도구들을 쓸 일이 없었다. 대구를 구워 먹으려다 쫄 딱 망해버린 우리는 아이슬란드에서 다시는 요리하지 않기로 다짐했었기 때 문이다.

따뜻한 물로 묵은 때를 모두 씻어내고 침대 위에 누워 빈둥거리니 세상 부 러울 것이 없었다. 출출해질 즈음 주섬주섬 캐리어 안을 뒤적였다. 한국에서 챙겨 온 레토르트 식품들로 저녁을 해결하기 위해서였다. 전자레인지에 돌려 먹는 순두부 국밥과 짜짱범벅 컵라면, 참치캔, 김 그리고 아이슬란드에서 산 과일 주스와 보드카를 꺼내서 테이블에 펼쳐 놓았다. 먼 이국땅에서도 그리 운 한국의 맛을 느낄 수 있으니 이 얼마나 편리한 세상인가. 몽글몽글한 순두 부와 매콤한 국물 그리고 배신 없는 맛의 짜파게티. 익숙한 맛이었지만 어찌 나 맛있던지 모른다. 저녁 식사를 마치고 창밖을 바라보니 바깥 세상은 어둠

으로 물들어 있었다 그러다가 우리는 우연히 내일 가려고 하는 비크에 오로라가 떴다는 소식을 듣게 되었다. 혹시나 하는 마음에 서둘러서 밖으로 나왔다. 오로라가 없으면 밤하늘의 별이라도 볼 생각이었다.

별을 보기에는 깜깜한 곳이 좋으니 차를 타고 좀 더 어두운 곳으로 가려고 했다. 그런데 시동을 걸기 위해 차 안으로 들어갔던 남편이 화들짝 놀라며 차 밖으로 뛰쳐나왔다. 남편은 운전석에 들어서자마자 두 마리의 쥐들과 눈이 마주쳤다고 말했다. 쥐들이 무척 귀여웠다고 말했지만, 말과 달리 얼굴은 진저리가 난다는 표정이었다. 난데없이 쥐가 들어왔다니, 믿기 힘들었지만 남편의 표정을 보니 진짜 같았다. 차 문을 열어두고 쥐들이 나가길 기다리며 안에 있던 짐들을 하나둘씩 모두 빼냈다. 물건들을 확인해 보니 여분으로 가져온 패딩 잠바에 구멍이 나서 오리털이 숭숭 나와 있었다. 쥐들이 파먹은 것일까? 세상에 이게 무슨 일이란 말인가! 한바탕 쥐 소동으로 둘 다 혼이 나가는 바람에 피곤해진 우리는 그냥 숙소에서 잠이나 자기로 했다.

다음 날 우리는 이른 새벽에 깊은 잠에서 깨어났다. 졸린 눈을 비비며 주섬주섬 옷들을 잔뜩 껴입고 숙소 밖으로 나섰다. 이렇게 천근만근 무거운 몸을 이끌고 나선 이유는 밤하늘의 별을 찍기 위해서였다. 별다른 목적지 없이 차를 타고 이리저리 떠돌다가 이름 모를 곳에 멈춰 섰다. 아마 어느 목장 앞이었던 것 같다. 아직 해가 떠오르기 전이었다.

분명 별을 찍으러 나왔는데 우리의 시선은 목장에 있던 말들에게 꽂혔다. 고요한 새벽 어슴푸레한 빛을 받은 들판 위의 말들은 한가로이 풀을 뜯고 있었다. 나는 말들이 달려들 것만 같아서 겁을 잔뜩 먹고 있었다. 그런데 남편은 겁도 없이 말들에게 성큼성큼 다가섰다. 말들은 우리 따위는 전혀 개의치 않는다는 표정이었다. 남편을 따라 나도 말에게 가까이 다가갔다. 통통한 발목에 짜리몽땅한 말들이 너무나도 귀여웠다. 말의 눈망울을 자세히 들여다보면 아주 검고 부드러워 따스해보였다. 열심히 말들을 촬영한 후에 다시 차를 타고 숙소로 돌아와서 침대 위에 뻗었다.

지평선

새벽에 잠깐 사진을 찍으러 밖에 나갔다가 숙소에 돌아온 뒤 얼마나 더 잤는지 모르겠다. 갑자기 눈이 번뜩 떠졌다. 남편은 옆에서 곤히 자고 있었다. 나는 잠옷 위에 바람막이만 하나 설렁 걸쳐 입고서 밖으로 나왔다. 저벅저벅 내 발소리가 귓가에 크게 울렸다. 차가운 아침 공기를 깊이 들이마시니 머리가 맑아졌다. 닭살이 살짝 돋을 정도로 쌀쌀했지만 그래서 좋았다. 아무도 없는 들판 위를 홀로 걸었다. 지평선 너머에서는 태양이 떠오르고 있었다. 내가 어디선가 이런 장면을 본 적이 있던가? 기억을 돌이켜 보면 먼 시선 끝에는 언제나 커다란 빌딩이 서 있거나 끝없이 이어진 산들이 있었다. 하지만 지금 내 눈앞에 오로지 지평선만 보일 뿐이다. 땅끝에서 서서히 떠오르는 태양을 바라보니 가슴이 뭉클했다. 아이슬란드에서 생애 첫 기억을 담았다.

'처음'이라는 것이 낯설어지는 나이가 되었다. 언제부터인가 새로운 것들이 없어지기 시작했다. 늘 같은 풍경을 보고 같은 일을 하고, 내 삶은 무엇이든지 같은 것들에 익숙해졌고 변화 없이 편안했다. 그와 동시에 생각만으로도 들뜨고 기다려지고 열망하는 것들은 희미해져만 갔다. 직장생활을 하며

항상 여행을 꿈꾸었던 이유는 새로운 것들을 경험하고 싶어서였다. 그 새로움 속에 나를 던져서 어린아이처럼 들뜨고 싶었다. 아이슬란드에서 처음을 느낄 수 있어서 행복했다. 아이슬란드 이곳저곳을 누비며 아직 나에게 새로운 것들이 참으로 많다는 것을 알게 되었다. 새로운 경험들은 오롯이 기억에 남았다. 가끔 그 기억들을 되돌아볼 때면 나 그래도 꽤 행복한 인생을 살았구나 하고 미소짓게 되었다.

아침 해가 막 떠오르는 순간 온 세상이 따뜻한 빛으로 물들기 시작했다. 널따란 들판 위에 노란 햇살이 얇은 이불처럼 잔잔하게 깔렸다. 나무 위에 대롱대롱 매달린 이파리들과 하늘에 떠다니는 구름도 노랗게 반짝였다. 누군가 멀리서 나를 본다면 나도 아침 햇살을 머금어 노랗게 보이겠지? 온몸에 닿는 햇살의 감촉이 따뜻했다. 끝을 알 수 없는 부드러운 흙길을 따라 살랑살랑 걸었다. 선선한 아침 공기는 티 없이 맑게만 느껴졌다. 하루를 시작하기 전 아침 기지개를 피듯이 산책하니 온몸에 에너지가 차오르는 기분이 들었다. 한참 그렇게 걷다 조식 시간이 다 되어서 숙소로 돌아갔다.

쿨쿨 잠든 남편을 깨워 우리가 머물던 별채 옆에 있는 호스트 부부의 통나무 집 안으로 들어갔다. 향긋하고 고소한 커피 향기가 느껴졌다. 테이블마다 핑크색 테이블보가 깔려있었고 커다란 창 사이로 아침 햇살이 스며들고 있었다. 부엌 안쪽으로 들어가 하얀 접시 위에 빵, 치즈, 햄과 신선한 토마토를 차곡차곡 담았다. 내가 좋아하는 간단한 아침 메뉴였다. 호스트 아저씨는 갓 구운 와플을 우리에게 건넸다. 휘핑크림이 잔뜩 올라간 와플이 어찌나 맛있던지 한국으로 돌아가 와플 기계를 사야겠다 생각했다.

식사를 마치고 잠시 주변을 걸었다. 아름다운 집을 보니 자연스레 머릿속에 우리가 살고 싶은 집을 그려보게 되었다. 창이 크고 햇살이 잘 들었음 좋겠다. 창밖 풍경은 칙칙한 도시보다는 푸릇한 자연이었음 좋겠다. 흐르는 시간이 잘 느껴지고 사계절이 잘 느껴지는 그런 곳이면 좋겠다. 그런 집에 살 수 있으려나?

방으로 돌아온 우리는 열심히 짐을 싸기 시작했다. 이제 아이슬란드 남쪽 비크(Vik)로 갈 차례이다. 체크아웃하며 호스트 부부와 정답게 인사를 나누었다. 기념으로 우리가 머물렀던 별채 앞에서 사진을 하나 찍었다. 아름다웠던 황금빛 들판을 뒤로한 채 차에 올랐다.

말

차를 타고 달려가다가 어느 목장과 마주치게 되었다. 이날 새벽녘 자다 말고 밖으로 나가서 말들을 보고 왔던 우리였지만 또 보고 싶었다. 해가 떠올라 세상이 훤해졌으니 말들을 더 가까이서 자세히 볼 수 있을 것이다. 잠깐 차를 세워 두고 울타리 근처로 다가가니 말들이 어슬렁거리며 우리에게 다가왔다. 아이슬란드의 말들은 사람을 친근하게 여기는 것 같았다. 울타리 안은 사유지라 들어갈 수 없으니 울타리 바깥에 서서 푸석한 건초를 뜯어 건넸다. 말들이 요란하게 입을 움직이며 풀을 먹었다.

오래전 노르웨이인들이 아이슬란드 땅에 닿았을 때 데려온 말들이 아이슬란드 말의 시초였다. 오랜 세월 동안 말들은 척박한 아이슬란드의 기후에 맞게 진화했다. 두꺼운 피부와 털을 가졌으며 몸집은 작지만 다부지다. 그리고 별다른 천적 없이 인간들과 함께 살아왔기 때문에 성격이 온순하다. 섬이라는 지역적 특성 때문에 아이슬란드의 말들은 오랫동안 다른 종들과의 교류

없이 순수한 혈통을 이어 나갔다. 아이슬란드 정부에서는 토종말을 보호하기 위해 외래종 수입을 엄격히 금지하고 있다.

흔들리는 갈기 아래로 보이는 말의 눈망울이 초롱초롱했다. 말들은 우리에게 제각기 다른 표정과 몸짓으로 인사를 건넸다. 서로 말을 할 수는 없었지만 무언가 통하는 기분이 들었다. 나는 조심스레 말의 갈기를 쓰다듬었다. 부드러울 것 같았던 갈기는 생각보다 거칠었다. 우리는 말들의 생김새를 따서 멋대로 이름을 붙여 불렀다. 거친 갈기에 반항적인 눈빛을 가진 말은 반항아, 순해 보이며 몸짓이 유연한 말에게는 순둥이, 부들거리는 갈기를 휘날리는 말에게는 보들이. 이름을 붙여주니 갑자기 말들과 친구가 된 것 같았다.

울타리 부근에서 말들과 작별인사를 하고 차로 돌아갔다. 잠깐이었지만 말들과 시간을 보냈더니 마음이 몽글몽글해졌다. 동물과의 교감을 통해 마음을 치유했다는 누군가의 이야기가 떠올랐다. 절로 부드러워진 내 마음, 말들 덕분에 치유가 된 것일까? 반려견이나 반려묘를 키우지 않는 나로서는 일상에서 동물들을 접할 기회가 거의 없었다. 길을 걷다 낭창하게 걸어 다니는 비둘기들이나 볼 뿐. 시간이 빠듯해서 승마를 해보지 못했던 것이 아쉽다. 말 등에 올라 함께 아이슬란드의 들판 위를 달렸다면 색다른 추억이 되었을텐데. 하지만 여행은 아쉬움을 남겨야 하는 법, 다시 아이슬란드를 찾을 날이 있을 것이라 믿는다. 그때 말과 함께 이 땅 위를 누벼보고 싶다. 우리는 구글맵에 셀라란즈포스(Seljalandsfoss)를 찍어두고 다시 여정을 시작했다.

다시 폭포

링로드 1번 국도를 따라 달리다가 셀랴란즈포스(Seljalandsfoss)에 도착했다. 구름으로 꽉 찬 새하얀 하늘에서는 비가 똑똑 내리고 있었다. 내 이럴 줄 알고 한국에서부터 방수가 되는 바람막이와 바지를 준비해왔다. 우리의 값비싼 카메라들은 비에 젖으면 큰일이니 휴대폰과 고프로만 챙겨서 차 밖으로 나왔다. 가파른 절벽 위에서 거대한 물줄기가 수직으로 떨어지고 있었다. 물줄기 뒤편으로 걸어 다니는 사람들은 마치 작은 점처럼 보였다. 셀랴란즈 포스의 재미난 점은 폭포 뒤편으로 걸어 들어갈 수 있다는 것이다. 체험형 폭포라고 할까나? 하지만 폭포는 순순히 길목을 내주지 않는다. 폭포 뒤편으로 가려면 온몸이 다 젖을 것을 각오해야 한다.

폭포에 가까이 다가가니 커다란 물웅덩이가 나타났다. 웅덩이 위로 물줄기가 쏟아져 커다란 물보라가 일었다. 우리는 웅덩이 가장자리에 난 길을 따라서 폭포 안쪽으로 들어갔다. 물방울들이 사방팔방으로 튀었다. 도대체 언제인지도 모를 찰나에 온몸이 다 젖어버렸다. 방수되는 옷을 입고 오지 않았다면 아마 폭포를 멀리서 멀뚱히 바라만 보았을 것이다.

어마어마한 물보라와 천둥 같은 소리에 압도되어 입을 다물 수 없었다. 혹시 발이라도 삐끗해 눈앞에 보이는 저 커다란 웅덩이 속에 빠진다면 아마 살아 나오기는 어려울 것이다. 아찔한 생각에 잠깐 몸이 부르르 떨렸다. 우리는 물에 젖을 것을 각오하고 안으로 들어왔기에 행동에 거침이 없었다. 게다가 방수되는 옷을 입고 있으니 든든했다. 장대같이 쏟아지는 물줄기 뒤에 바로 섰다. 온몸에 튄 물 알갱이들이 덩어리져서 흘러내렸다. 시원한 물방울이 얼굴에 닿으니 때가 벗겨진 듯 상쾌했다. 뿌연 물줄기 뒤로는 자를 대고 쭉 그은 듯한 지평선이 보였다.

폭포 안쪽 웅덩이를 따라 난 길을 돌아 나왔다. 얼굴과 머리카락은 폭삭 젖어버렸고 방수되는 옷을 입었건만 목줄기를 타고 물이 흘러 들어갔는지 안

쪽에 입은 옷들이 축축했다. 폭포를 실컷 보고 왔으니 잠시 근처에 있던 상점에 들어가서 기념품들을 구경했다. 근사한 기념품들이 많았으나 함부로 손에 쥘 수는 없었다. 가격대가 어마어마했기 때문이다. 몇 가지 골라잡았더니 200유로가 훌쩍 넘었다. 욕심을 내려놓고 기념으로 딱 하나만 사기로 했다. 가게에 들어온 뒤 계속 눈에 아른거리던 퍼핀이 담긴 모자를 하나씩 샀다. 우리는 여행 내내 이 퍼핀 모자를 쓰고 다녔다.

푸드 트럭에서 핫도그와 따뜻한 아메리카노를 사서 차 안으로 들어왔다. 축축한 신발을 벗고 따뜻한 히터를 틀었다. 배낭에 넣어 둔 미역국밥을 꺼내 보온병에 담아온 뜨거운 물을 부었다. 곧 미역국밥이 완성되었고 허겁지겁 음식들을 먹었다. 뜨끈한 국물이 들어가니 피로가 싹 풀리는 것 같았다. 비를 쫄딱 맞고 추위에 떨면서 먹는 미역국밥의 맛은 그 어떤 것과도 비교할 수 없는 환상적인 맛이었다. 물만 부어도 이렇게 근사한 식사가 되다니 정말 대한민국 국밥 만만세다. 남편은 말했다.

"컵밥 만든 사람 진짜 노벨상 줘야 해."

간단히 점심 식사를 마치고 1번 국도를 따라 스코가포스(Skogafoss)로 향했다. 날씨는 전보다 더 나빠졌다. 곧 장대비가 쏟아질 것 같은 하늘이었다. 겨우 말라가던 옷이 곧 다시 젖을 것 같은 예감이 들었다. 스코가포스는 셀라란즈포스보다 폭이 더 넓었고 물보라도 더 거칠었다. 폭포에 가까이 다가가는 와중에 조그맣고 몹시 차가운 물방울들이 온몸 구석구석을 강타했다. 바람이 거세게 불어 물보라는 허공 위로 춤을 추듯이 움직였다. 내가 무얼 보고 있는 것인지, 보면서도 헛것인 듯 신기했다. 드디어 폭포 앞에 섰다. 우리 둘 다 온몸이 흠뻑 젖었다. 얼굴과 머리카락에서 물이 방울방울 떨어졌다. 빙하가 녹아내린 물이라니 찬물로 샤워를 하고 나온 듯 개운했고 정화되는 것 같았다. 우리는 도망치듯 차 안으로 돌아와 오들오들 떨며 히터를 틀고 뜨거운 바람을 쐤다.

6 . 첫 오 로 라

드디어 비크

하늘에서 떨어지는 빗방울이 점점 더 굵어지기 시작했다. 마침내 우리는 고대하던 비크에 도착했다. 비크는 아이슬란드 최남단의 작은 마을이다. 정식 명칭은 비크 이 뮈르달(Vik i Myrdal), '뮈르달에 있는 만'이라는 뜻이다. 사람들은 보통 그 이름을 줄여 비크라고 부른다. 아이슬란드 마을 이름을 살펴보면 끝에 '비크(Vik)'가 붙은 경우가 많다. 사람들이 모여 사는 만을 비크라 칭하는데 아이슬란드의 수도인 레이캬비크(Reykjavik)도 마찬가지다. 연기라는 뜻의 레이캬(Reykja)와 만이라는 뜻의 비크(Vik)가 합쳐져 레이캬비크가 되었다. 비크 근처에는 아이슬란드에서 네 번째로 큰 빙하인 미르달스예쿠틀(Myrdalsjokull)이 있다. 만년설 아래 깊은 곳에는 카틀라 화산이 묻

혀 있는데 카틀라는 아이슬란드에서 위험하기로 손에 꼽히는 활화산이다. 만약 화산이 폭발한다면 빙하가 녹아내려 비크에 대홍수가 닥칠 수도 있다. 요근래 아이슬란드에서 카틀라 화산이 폭발한 이후의 비크 마을을 배경으로 드라마가 만들어지기도 했다.

비크에 도착해서 이곳저곳 돌아다니고 싶었는데 비는 그칠 기미가 없었다. 비를 맞서며 돌아다니기 어려우니 근처 기념품 가게에 들어가 비를 피할 겸 쇼핑을 하기로 했다. 여행에서 관광 못지않게 즐거운 일 중 하나가 바로 쇼핑이다. 그러니 좋게 생각하기로 했다. 그런데 마음 한구석에는 계속 근심이 틀어박혀 있었다. 비가 계속 내리면 어쩌지? 숙소에 들어가서 잠이나 자야 하나? 언제든 비가 그치길 바라며 기념품 가게 안으로 들어갔다.

가게 안이 생각보다 넓어서 꽤 오랫동안 구경했다. 마음을 빼앗는 기념품들이 무척 많았다. 아이슬란드의 높은 물가를 고려해 우리는 심혈을 기울여서 살 것들을 고르고 또 골랐다. 아이슬란드는 '양'이 유명하니 양모제품을 하나 사볼까 싶었다. 이쁘장한 작은 목도리를 하나 집어 들고 가격표를 보았는데, 어머나 300유로가 넘었다. 눈이 휘둥그레진 나는 목도리를 제자리에 놓아두고 양모제품은 쳐다보지도 말자 다짐했다. 아이슬란드와 관련된 일러스트가 담긴 아기자기한 엽서들과 우표, 간단히 일기를 적을만한 노트, 여행을 기념할 볼펜 등등 자질구레한 물건들을 샀다. 역시 우리에게는 이런 물건들이 어울린다. 기념품들을 두둑하게 샀지만 목도리 하나 값도 나오질 않았다. 즐겁게 쇼핑을 마치고 가게 밖으로 나왔더니 정말 거짓말처럼 비가 뚝 그쳐 있었다.

멀리 푸릇푸릇한 이끼가 덮인 언덕 위로 빨간 지붕 교회가 보였다. 어느 엽서 속 그림 같은 아름다운 풍경이었다. 우리는 차를 타고 언덕 위에 있는 비크 교회로 향했다. 멀리서 볼 때 언덕 위의 교회는 작은 미니어쳐 장난감처럼 보였었다. 그런데 가까이서 보니 생각보다 크기가 컸다. 하얀 외벽에 붉은 지붕이 인상적인 이 교회는 아이슬란드에서 오로라 스팟으로 꽤 유명한 곳이

다. 인터넷에 비크 교회를 검색해 보면 초록빛 오로라 사진들을 심심치 않게 볼 수 있다. 물론 내가 비크를 찾은 오늘은 지독하게 날씨가 흐려서 오로라는 기대조차 할 수 없었지만 말이다.

언덕 위에 올라서니 조그만 비크 마을이 한눈에 보였다. 300여 명 정도밖에 살지 않는 아주 작은 마을이다. 옹기종기 모여 있는 작은 집들과 회색빛 바다가 보였다. 바다 위 하늘은 먹구름으로 가득했다. 세상은 희뿌연 안개가 잔뜩 낀 것처럼 흐리멍텅했다. 아무도 없는 텅 빈 언덕 위는 쥐 죽은 듯이 조용했다. 우리는 멀리 내려다보이는 검은 해변에 가보기로 했다.

여행을 다니며 보았던 아이슬란드의 풍경들은 내가 여태 보아왔던 세상의 모습과는 너무나도 달랐다. 그래서 신기하고 놀랍다가도 어느 순간 무섭게 느껴지기도 했다. 절로 입이 떡 벌어지는 처음 보는 웅장한 자연의 모습. 인간인 나는 그 자연 앞에서 한없이 작은 존재일 뿐이었다. 길가에 돋아난 자잘

한 이끼들과 내가 다를 것이 무엇인가? 내가 특별한 존재가 아니라고 느껴질 때면 눈앞의 자연이 무서워졌고 마음이 헛헛해졌다.

교회를 떠나 언덕 위에서 바라보았던 검은 모래 해변, 레이니스피아라(Reynisfjara)를 찾았다. 해변은 자잘한 석탄 가루를 뿌려놓은 듯 새카맸다. 검은 모래 위로 거친 파도가 왔다 갔다 반복했다. 허리를 숙여 새카만 모래를 한 줌 건져 올렸다. 부드러운 모래가 손가락 사이사이를 가르며 바닥으로 떨어졌다. 수평선 언저리에는 코끼리처럼 생긴 바위 언덕인 디르홀레이(Dyrholaey)가 보였다.

커다란 절벽 옆으로 파도가 철썩였고 바다 위로 세 개의 검은 돌기둥들이 솟아 있었다. 트롤 셋이 검은 모래 해변 위로 배를 끌어 올리다가 날이 밝자 돌이 되어버렸다는 믿지 못할 전설 같은 이야기가 전해진다. 아직 아이슬란드 사람들 대다수가 요정과 트롤 같은 초자연적인 존재를 믿는다고 하니 어

쩌면 그들에게는 친근한 이야기일 수도 있겠다.

돌기둥이 우뚝 서 있는 해변 왼쪽으로 거대한 주상절리가 보였다. 가파른 절벽 아래 기다란 각기 모양이 다른 돌기둥들이 차곡차곡 쌓인 모습이었다. 주상절리를 보니 레이캬비크에서 보았던 할그림스키르캬 교회가 떠올랐다. 좌우대칭의 기둥이 줄줄이 이어진 외관은 아이슬란드의 주상절리는 본 따 만들어진 것이었다. 거친 암석 위로는 메마른 잡초들이 돋아나 있었다. 양들은 가파른 절벽 사이사이를 폴짝거리며 돌아다니고 있었다.

　우리는 검은 모래 해변을 가로질러 걸었다. 발끝으로 서걱거리는 젖은 모래가 느껴졌다. 우리는 사람들의 발자국을 피해가며 여기저기 흔적들을 남겼다. 곧 파도에 쓸려 사라지겠지만 매끈한 모래 위에 새 발자국을 찍어 넣으면 기분이 좋아졌다. 먼바다 끄트머리에서는 해가 저물고 있었다. 붉게 타오르는 세상이 아름다웠다. 수평선 위에 짙게 깔린 구름 뒤로 해가 스르륵 넘어갔다. 곧 있으면 내가 밟고 서 있는 검은 모래처럼 온 세상이 새카맣게 변할 것이다.

　끝이 보이지 않던 하루 그리고 내일과 모레, 지나가 버리니 모두 순간이었다. 이러다 갑작스레 출국하는 날이 돌아오겠지. 지나가는 시간이 아쉬워 꽉 붙잡고 싶었다. 그럴 수 없다는 것을 알고 있기에 하루하루 더 절실하게. 더 행복하게, 더 즐겁게 여행하자. 살아간다는 것도 마찬가지다. 인생의 모든 순간이 눈 깜짝할 새에 다시는 돌아오지 못할 과거가 되어버린다. 붙잡을 수 없고 되돌릴 수도 없다. 그러니 행복하게 살아가자, 새카만 모래 위에서 다짐했다.

호텔 디르홀레이

디르홀레이 호텔은 비크에서 어렵게 구한 숙소였다. 회픈 다리 침수 때문에 여행 일정을 변경하고 숙박 예약 어플로 비크에 있는 숙소들을 검색했을 때 모든 숙소의 예약이 꽉 차 있었다. 틈날 때마다 어플에 들어가 예약 가능한 숙소를 계속 확인했고 운 좋게 디르홀레이 호텔의 방 하나를 급히 예약했었다. 아이슬란드에는 숙박업소가 별로 없는데, 발등에 불이 떨어진 뒤에야 숙소를 구하려 했으니 자칫하면 노숙을 할 뻔했다.

호텔에 체크인을 하고 들어간 방은 생각했던 것보다 훨씬 더 좋았다. 큰 유리창 너머로 아이슬란드 풍경이 보였고 침구와 화장실, 방 안 상태가 아주 청결했다. 넓은 화장실에는 욕조도 있었는데 따뜻한 물을 받아놓고 쏙 들어가 피로를 녹일 수 있어 좋았다. 냉장고가 없는 것이 조금 아쉬웠다만 누울 곳을 찾은 것만으로도 감지덕지다. 우리는 짐을 풀고 뜨끈한 물을 욕조에 가득 담아 몸을 녹인 뒤 가뿐한 마음으로 호텔 식당으로 향했다.

새카만 어둠이 깔린 밤, 우리는 창가 근처에 앉고 싶었으나 사람들이 너무 많아 번잡하고 소란스러워 카운터 근처에 자리를 잡고 앉았다. 우리는 소고기 타르타르 샐러드와 양고기 스테이크, 구운 생선 요리를 주문했다. 샐러드는 금방 나왔는데 다른 요리들은 한참 기다렸다. 그런데 마침내 직원이 가져온 요리는 양고기 스테이크 두 접시였다. 우리는 양고기와 생선 요리를 하나씩 주문했고 음식이 잘못 나왔다고 직원에게 말했다. 그런데 직원은 미안한 기색 하나 없이 절대 아니라며 분명 양고기 스테이크 두 개를 시켰다고 말했다. 주문을 잘못 받았다고 죄송하다는 말을 들었다면 이왕 나온 음식들은 그냥 먹을 작정이었다. 그런데 그녀의 태도는 정말 너무했다. 우리가 만나온 6년 동안 어느 식당이든 항상 다른 메뉴를 시켜 나눠 먹었었다. 절대 같은 메뉴를 시켰을리가 없었다. 그러나 직원의 태도가 너무 완고해서 정말 우리가 잘못 주문했던가 의심이 들었다. 하지만 기억은 아주 또렷했다. 화가 난 남편은 직원에게 우리는 분명 생선 요리를 시켰으며 잘못 나온 음식은 먹을 수 없다고 단호하게 말했다. 그럼 기다리라며 직원은 뾰로통한 얼굴로 양고기 스테이크 한 접시를 도로 가져갔다.

한참을 기다린 후에 생선 요리가 나왔다. 하지만 이미 다른 음식들과 맥주로 배는 꽉 찬 상태였다. 억지로 먹는 시늉은 했으나, 오랜 기다림 끝에 나온 생선의 맛은 좋지 못했다. 식사를 마무리하고 계산을 하려는데 빌에는 직원이 잘못 주문받은 그대로 적혀있었다. 우리는 한바탕 작은 소동을 다시 치렀다. 방에서 컵라면이나 먹을 걸 그랬나? 배부른 우리는 방 안으로 들어와 쪽잠을 잤다. 오늘은 오로라가 있든 없든 일단 밤에 나가보기로 결의했다. 알람을 맞춰 놓고서는 둘 다 피곤했는지 곧 깊은 잠에 빠져들었다.

오로라

적막 속에서 알람 소리가 요란스럽게 울려댔다. 일어나기 고역이었다. 아이슬란드가 아닌 평소 아침이었다면 돌처럼 꿈쩍도 하지 않았을 것이다. 어기적어기적 좀비처럼 일어나 패딩을 껴입고 털모자를 꾹 눌러썼다. 핫팩을 주머니에 쑤셔 넣고 커피포트로 물을 팔팔 끓여 보온병에 담았다. 바깥이 얼마나 추울지 예상이 되었던지라 단단히 준비한 뒤에 밖으로 나섰다. 세상은 몹시 어두웠다. 눈앞이 캄캄하다는 표현은 이럴 때 쓰는구나 싶었다. 차를 타고 도로 위로 나서는데 짙은 어둠이 무서워서 온몸이 경직되었다.

아이슬란드 오픈채팅방을 살펴보니 헬라(Hella)나 셀포스(Sellfoss) 쪽에 오로라가 떴다는 소리가 들려왔다. 우린 무작정 지도 앱에 셀포스를 찍고 차를 타고 하염없이 달렸다. 그리고 어딘지도 모를 곳에서 멈췄다. 너른 들판 위에 자그마한 산이 서 있었고 반대편으로 어둠 속에 묻힌 바다가 있었다. 눈으로는 전혀 보이지 않던 오직 지도로만 가늠할 수 있는 검은 바다였다. 우리는 조심스럽게 차 밖으로 나왔다. 갑자기 야생 동물이 튀어나와 우리를 공격하면 어쩌지라는 생각이 머릿속을 스쳤다.

아이슬란드의 밤은 몹시 추웠다. 내복과 두꺼운 패딩, 장갑, 목도리 등으로 온몸을 중무장했지만 여전히 우리는 코를 훌쩍였다. 핫팩을 꺼내어 마구 흔들었다. 핫팩을 꼭 쥐고 밤하늘을 한참 바라보았다. 아득히 멀고도 깊어 보이는 검은 하늘에 별들이 가득했다. 계속 하늘을 바라보고 있으면 보이지 않던 별들이 하나둘 제모습을 드러냈다. 번득이는 별들은 금방이라도 내 위로 쏟아질 것 같았다. 먼바다 위로는 보름달이 우릴 훤하게 비추고 있었다. 도시의 무수히 많은 빛을 벗어나니 비로소 달이 얼마나 밝은지 느낄 수 있었다.

차 안에서 삼각대와 카메라를 꺼내왔다. 밝은 보름달을 피해 밤하늘을 수놓은 별들을 카메라에 담기 시작했다. 산 쪽으로 삼각대를 세워 두고 장노출로 별들을 담았다. 사진이 잘 찍혔나 카메라를 확인해 보니 옅은 초록빛이 하늘에 넓게 깔려있었다. 대체 이 초록빛은 무엇이지? 의아한 마음에 하늘을 바라보았다. 초록색 빛줄기가 넘실거리고 있었다. 선명하게 보이지는 않았지만 분명 일렁이는 빛줄기였다.

첫 오로라. 우리는 너무 흥분한 나머지 서슬퍼런 추위도 깜빡 잊은 채 방방 뛰며 춤을 췄다. 신이 나서 끓어오르는 흥을 주체할 수 없었다. 내가 지금 보고 있는 것이 진정 오로라일까? 보고도 믿기지 않았다. 감동적인 순간을 사진에 담고 싶었다. 삼각대에 카메라를 잘 고정해 두고 셔터를 눌렀다. 20~30초 정도가 지나고 사진이 찍히자 또 셔터를 눌렀다. 하늘을 바라보고 셔터를 누르고를 반복하다가 시간이 얼마나 흘렀을까? 더는 초록색 빛줄기가 보이지 않았다. 오로라가 사그라들자 우리는 셔터 누르기를 멈추었다. 흥분이 가시자 비로소 온몸이 덜덜덜 떨려왔다. 몹시 추웠다. 콧물이 흘러 내렸고 볼은 팡 터질 것 같았다. 오로라를 보고 싶다는 마음이 아이슬란드 여행의 시작이었다. 죽기 전에야 볼 수 있겠지, 그렇게 살아가다가 어쩌다 보니 아이슬란드에 오게 되었다. 우여곡절 끝에 비크에 도착했고 우리는 한밤중 차를 타고 도로 위를 달렸다. 그리고 어딘지 알 수 없는 들판 위에 멈춰 섰고 마침내 오로라를 보게 되었다. 깊이를 알 수 없는 밤하늘과 신비로운 오로라를 황홀하게 바라보다 보면 세상 모든 인간사가 부질없게 느껴졌다. 인간은 왜 그리도 서로 싸우고 미워하는 것일까? 인간의 욕심은 왜 이리도 끝이 없을까? 모두가 행복해지는 길은 정녕 없는 것일까? 인간은 도대체 왜, 무엇을 위해 살아가는 것일까? 마음속 메아리는 밤하늘의 반짝이는 별에게로 갔다. 저 별이 답을 주면 좋으련만.

산 반대편으로 둥근 달이 저물고 있었다. 해가 지는 모습은 많이 보았어도 달이 지는 모습은 처음이었다. 한밤중에 이곳에 도착했는데 시간이 흐르고 흘러 결국 달이 저물다니, 도대체 이곳에 얼마나 서 있었던 것일까? 여명이 차오르고 있었다. 추위와 피로가 몰려와 우릴 덮쳤다. 이제 디르홀레이 호텔에 돌아가서 늦은 잠을 청하기로 했다. 먼 이국땅에 누울 방 한 칸이 어딘가에 있다는 것이 얼마나 든든하던지. 쪽잠을 자고 나왔던 호텔이 집처럼 편안하게 느껴졌다. 호텔 방 안에 들어와서는 둘 다 누가 먼저랄 것도 없이 침대 위에 곯아떨어졌다.

아이슬란드에 와서 새롭게 보고 느낀 것들이 참 많아서 오로라를 보지 못한다 해도 괜찮다고 생각했다. 그런데 오로라를 보고 나니 마음이 싹 바뀌었다. 그 어떤 경험도 오로라를 보았던 순간과는 비교할 수 없었다. 오로라는 아이슬란드 여행의 백미였다. 이 아름다운 지구에 인간이라는 존재로 태어나서 마침내 오로라를 보게 되었으니 참으로 영광이다.

7 . 빙 하 걷 기

아침산책

    이불보 위를 덮친 늘어진 햇살 때문에 눈이 부셔 잠에서 깼다. 창밖을 바라보니 세상은 아침을 여는 은은한 태양빛으로 물들어 있었다. 어젯밤 어두워서 보지 못했던 아름다운 창밖 풍경을 보게 되니 잠이 홀딱 달아났다. 나는 홀린 듯이 밖으로 나갔다. 봉긋 솟아오른 세 봉우리가 햇살을 듬뿍 머금고 있었다. 들판은 황금빛으로 물들어 있었고 불어오는 바람에 가느다란 잡풀들이 살랑살랑 흔들렸다. 시원한 공기를 폐 속 깊이 들이마시며 들판 위를 걸었다. 산 밑으로 옹기종기 작은 집들이 모여 있었다. 과연 이곳에 몇 명이나 살고 있을까? 아마 몇 되지 않을 것이다. 아이슬란드의 면적은 우리나라와 비슷하나 인구수는 훨씬 적다. 우리나라에는 대략 5천만명 정도가 살고 있는데 아

이슬란드에 사는 사람은 33만명 정도에 불과하다. 그마저도 반 이상이 레이캬비크에 모여 살고 있으니 아이슬란드 섬 대부분은 사람이 살고 있지 않은 텅 빈 땅이라 볼 수 있다.

멀리 보이는 산 위로는 눈이 쌓인 것처럼 하얀 구름이 낮게 깔려있었다. 하늘에 구름은 많았지만 푸르딩딩한 빛깔을 보니 오늘 날씨가 좋을 것 같았다. 빙하를 걷기에 딱 좋은 날씨다. 아이슬란드에서 구름과 비를 얼마나 많이 겪었던가? 이제는 좀 화창한 날씨와 함께하고 싶었다. 아이슬란드에서 이미 많은 것들을 보았지만 나는 더 욕심이 났다. 이왕이면 흐린 날보다 화창한 날의 아이슬란드를 더 보고 싶었다.

들판 위를 걷다 보니 내 발아래로 이름 모를 하얀 꽃들이 많이 보였다. 작고 올망졸망한 꽃 몇 송이를 따다 일기장 안에 고이 넣어 두었다. 바짝 말려서 오래 두고 볼 작정이었다. 그러고는 문득 생각에 잠겼다. 매일 이런 풍경을 보며 살아간다면 과연 어떤 기분으로 하루하루를 살아갈까? 노란 아침 들판과 작은 꽃송이들이 나에게 일상이 되어 익숙해진다면 한국에서 늘 보던 콘크리트 빌딩처럼 아무렇지도 않게 느껴질까? 내가 아이슬란드에서 겪은 모든 것은 단지 새로웠기 때문에 가슴 뛸 정도로 좋았던 것일까, 아니면 아름다운 자연은 늘 인간에게 감동을 주는 존재이기 때문에 그렇게 느꼈던 것일까? 아직도 난 잘 모르겠다.

우리는 어젯밤 저녁 식사를 했던 레스토랑에서 조식을 해결했다. 그리고 호텔 방으로 돌아와 세탁서비스를 맡겨둔 옷들을 찾았다. 불과 몇 시간 사이에 옷들이 뽀송뽀송해졌다. 겨울옷들은 부피를 많이 차지해서 양껏 챙겨오질 못했다. 어디선가 옷들을 빨지 못한다면 더럽고 찝찝하더라도 여러 번 입어야 했다. 어쩌다 보니 이렇게 호텔에 들르게 되었고 세탁서비스를 이용해 쾌적한 여행을 다시 시작할 수 있게 되었다. 앞으로도 여행 중간에 호텔을 꼭 넣어야겠다.

우리는 열심히 캐리어를 싸기 시작했다. 이곳에서 단 하루를 머물렀을 뿐인데 왜 이리도 꺼내 놓은 짐들이 많던지 모른다. 잔뜩 무거워진 캐리어를 이끌고 호텔 로비로 가서 체크아웃까지 마쳤다. 이제 우리는 빙하 트레킹을 하기 위해 스카프타펠로 갈 차례이다. 무엇이든 다 아름다워 보이는 아주 화창한 날, 우리는 기분 좋게 링로드 위를 달렸다.

곧 따사로운 햇살을 가득 머금은 비크(Vik)가 한눈에 보였다. 마을은 어제와는 달리 활기차고 포근해 보였다. 우리는 갓길에 잠깐 차를 세워 두고 밖으로 나와 한동안 마을을 바라보았다. 언덕 위의 빨간 지붕 교회가 눈에 띄었

다. 언덕 뒤로는 하늘과 맞닿은 바다가 펼쳐져 있었다. 아주 오랫동안 내 기억 속에 남기고 싶은 아름다운 풍경이었다. 안녕 비크.

우리는 다시 링로드 위를 달렸다. 허허벌판 사이로 난 쭉 뻗은 도로는 계속 이어졌다. 달리고 또 달려도 우리는 여전히 도로 위였다. 눈앞에 보이던 커다란 산도 그대로였다. 그렇게 낯선 풍경과 함께 두 시간여 동안 달려갔다. 변화무쌍한 날씨 때문에 곤욕스럽기도 했고 전혀 상상하지 못했던 일들이 벌어지기도 했으나, 끝끝내 아이슬란드는 우리에게 감동을 선사해 주었다. 그러니 결국 아이슬란드를 사랑할 수밖에.

스카프타펠

무사히 스카프타펠 국립공원에 도착했다. 우리는 예약 내역에 적혀있던 픽업 장소에 찾아갔다. 눈이 덮인 산봉우리 밑에 'Glacier Guides'라는 글씨가 적힌 귀여운 간판이 눈에 띄었다. 그 간판 아래 건물이 바로 투어 픽업 장소였다. 건물 안으로 들어가니 노란 머리의 키 큰 여자가 카운터 뒤에 서 있었다. 예약 내역을 보여주었더니 그녀가 경쾌한 말씨로 잘 찾아왔다며 1시 45분까지 이곳으로 오면 된다고 말했다. 체험 시작까지는 30분 정도가 남았다. 우리는 근처 식당에서 간단히 점심을 해결하기로 했다.

컨테이너 박스처럼 생긴 네모난 건물 안으로 들어가니 눈앞에 다양한 음식들이 펼쳐졌다. 이곳은 원하는 음식들을 쟁반 위에 마음껏 담아 마지막에 계산하는 카페테리아였다. 우리가 고른 음식들은 붉은 야채스프와 큰 미트볼 두 개, 연어 샌드위치였다. 시원한 맥주도 한 잔 곁들이고 싶었지만 새로운 경험 앞에서는 왠지 멀쩡한 맨정신을 유지하고 싶어 말았다. 배부르게 점심을 먹고 난 뒤에 픽업 장소로 발걸음을 옮겼다. 투어스텝은 우리의 예약 내역을 확인한 뒤 트레킹에 필요한 등산화, 스틱, 아이젠을 나누어 주었다. 우리

는 미리 튼튼한 등산화를 신고 온 덕분에 아이젠과 스틱만 받았다. 사실 아이젠도 필요할까 싶어 한국에서부터 챙겨왔는데 투어 업체에서 주는 아이젠이 훨씬 좋아 보여 영 쓸모가 없었다.

드디어 모든 준비를 마치고 투어버스 위에 올라탔다. 이 투어버스는 내가 태어나서 본 버스 중 크기가 가장 컸다. 버스 위로 오르는 턱은 다리를 찢듯이 힘껏 들어 올려야 할 정도로 높았다. 우리는 차창 밖 풍경이 잘 보이는 맨 앞자리에 앉았다. 버스는 덜컹덜컹 흔들리며 앞으로 나아갔다. 어찌나 심하게 흔들리던지 운전기사 아저씨의 커피잔이 툭-하고 쓰러져 바닥으로 커피가 줄줄 흘러내렸다. 앞 좌석에 앉은 사람들은 모두 깜짝 놀라 소리를 질렀는데 기사 아저씨는 전혀 놀라는 기색이 없었다.

버스의 앞 커다란 유리 너머로 커다란 산이 하나 보이기 시작했다. 아이슬란드에서 제일 높다는 크반나달스흐누퀴르(Hvannadalshnukur) 산이었다.

산 위에는 하얀 눈이 가득 쌓여있었다. 빙하였다. 흔들리는 버스는 마치 거대한 빙하에 닿을 듯이 앞으로 계속 나아갔다. 마침내 투어버스가 멈추고 빙하 위에 내려 본격적으로 트레킹을 시작했다. 나와 남편은 대만에서 온 가족과 한 팀이 되어 투어를 진행하게 되었다.

아이젠을 등산화에 장착하고 사그락거리는 얼음 위로 발을 내디뎠다. 출발하기 전 가이드는 빙하 위를 걸을 때 주의해야 할 몇 가지 사항들을 알려주었다. 첫째, 빙하 위에서는 보폭을 넓게 유지한 채 걸어야만 한다. 아이젠이 날카로워서 자칫 내 발을 다치게 할 수도 있기 때문이다. 둘째, 무조건 가이드를 따라 한 줄로만 걷기. 다른 길 위로 걸었다가 녹은 빙하 위를 밟거나 갈라진 틈새에 빠져 사고가 날 수도 있기 때문이다. 나는 마음속으로 가이드의 말을 여러 번 되새겼다. 팀원들은 어미 닭을 따르는 병아리들처럼 가이드를 따라 빙하 위를 천히 걸어갔다. 끝없이 보이는 넓은 빙하 위로 여러 병아리

떼들이 보였다. 우리처럼 가이드 투어 중인 사람들이었다. 머리 위로 뜨거운 햇볕이 떨어졌고 투명한 얼음 조각들은 쉴 틈 없이 반짝였다.

빙하는 다 하얀 줄 알았는데 아니었다. 빙하 위에는 검은 화산재가 깔려있었다. 그 모양은 마치 해변의 고운 모래 위에 남은 파도 자국 같았다. 빙하의 틈은 짙은 먹물을 쪼르르 흘려보낸 것처럼 검었다. 빈번한 화산 활동으로 화산재가 쌓였다가 그 위에 눈이 쌓이고 다시 화산재가 쌓이기를 반복하다 보니 이런 풍경이 만들어졌다.

스카프타펠 국립공원은 아이슬란드에서 가장 큰 빙하인 바트나이외쿠틀(Vatnajokull)에 위치한 보호구역이다. 영화 인터스텔라에서 만 박사인 맷 데이먼이 살고 있던 얼음 행성 촬영지로 유명해졌다. 외계 행성 같은 빙하 위는 아주 고요했다. 투어 중인 사람들을 제외하고는 그 어떤 생명체도 없었다. 걸음마다 발아래에서 서걱거리는 소리가 들려왔다. 거칠게 갈린 빙수의 얼음

을 수저로 휘휘 뒤적일 때 나는 소리와 비슷했다. 한겨울 곱게 쌓인 눈을 밟을 때보다는 더 거친 소리였다. 눈으로 보는 빙하는 한없이 부드러워 보였지만 발끝으로 느껴지던 빙하는 아주 단단했다.

너른 빙하 위를 걸으며 친절한 가이드의 설명을 들었다.

"빙하란 눈이 내린 뒤 녹지 않고 계속 쌓이고 쌓여서 만들어진 큰 얼음 덩어리입니다. 아이슬란드에는 여러 빙하 지대가 있는데, 스카프타펠은 아이슬란드에서 가장 큰 빙하인 바트나이외쿠틀에 속합니다. 빙하는 중력에 의해 계속 움직이는데 인간의 시간으로 따지면 아주 느려서 우리가 느낄 수는 없어요. 움직이는 빙하의 흐름과 강도가 달라 균열이 생기는데, 이때 만들어진 빙하의 틈을 크레바스(crevasse)라고 부릅니다. 크레바스의 깊이는 수십 미터에서 수백 미터까지 다양하지요. 종종 이 크레바스에 빠져 사람들이 실종되기도 합니다."

가이드는 우리에게 크레바스를 구경시켜 주었다. 나는 빙하의 깊숙이 갈라진 새카만 틈을 조심스럽게 바라보았다. 아무리 눈을 부릅뜨고 보아도 그 깊이를 가늠하기 어려웠다. 빙하 아래 아득히 먼 곳에 다른 세상이 존재하는 것은 아닐까? 아니다. 저 틈새로 빠진다면 그저 죽음뿐일 것이다. 아찔했다. 우리는 서걱서걱 얼음 밟는 소리만 들려오는 빙하 위를 걷고 또 걸었다. 혼자 이곳을 걸었다면 끝없이 펼쳐진 빙하가 무섭게 느껴졌을 것 같다. 내가 아무리 자연을 사랑한다고 한들 이렇게 인간의 손이 전혀 닿지 않은 미지의 세상까지 사랑할 수 있을까? 자연은 아름답고도 무섭다.

걷다 보니 멀리 보이던 아이슬란드의 최고봉 크반나달스흐누퀴르 산이 한층 가까워졌다. 가까운 듯 먼 저 산은 누군가가 하늘에 그려놓은 그림 같았다. 가이드를 따라 걷다 보니 어느새 우리는 출발했던 지점으로 돌아왔다. 가이드는 근처 호수에서 각자 사용한 아이젠과 스틱을 깨끗이 씻어내라고 했다. 우리 둘은 쪼그려 앉아 호수에 두 손을 담갔다. 차가움에 정신이 번쩍 들면서도 괜스레 기분이 좋아졌다. 투명한 물은 마셔도 될 정도로 깨끗했다. 깨끗한 물에 손을 담그니 나도 덩달아 깨끗해지는 기분이었다. 우리는 물속에 뭉친 얼음 덩어리들과 화산재를 털어냈다. 돌아갈 때는 노란 스쿨버스를 타게 되었다. 낡은 의자는 가죽이 다 헤지고 창문은 금이 가 깨져있었다. 어느 먼 나라에서 명을 다하고 아이슬란드로 흘러들어온 기구한 운명의 버스. 우리는 덜컹거리는 불안한 버스를 타고 투어 센터로 돌아갔다.

8. 붉은노을협곡

피아쓰라르글리우푸르

스카프타펠에서 빙하 트레킹을 마치고 1번 국도를 따라 숙소로 가던 길에 아이슬란드의 아름다운 협곡 중 하나인 피아쓰라르글리우푸르(Fjaðrargljufur)에 들리기로 했다. 도로 위를 달리던 도중 창문 밖으로 빙하 덮인 커다란 산과 호수가 보였다. 앗, 왠지 저곳은 우리가 조금 전 걷다 온 스카프타펠 같아 보였다. 가던 길을 멈추고 길 가장자리에 차를 멈춰 세웠다. 카메라를 어깨에 메어 들고 검은 자갈밭 위를 걸었다. 걸어도 걸어도 끝이 보이질 않던 광활한 땅이었다. 거친 바람 때문에 긴 머리카락이 정신없이 휘날렸다. 하얀 빙하 위로 얼룩덜룩한 구름 그림자가 일렁였다. 산 아래로는 허허벌판이 펼쳐져 있었고 검푸른 호수에는 하얀 빙하가 어렴풋이 비쳤다.

아이슬란드 도로 위를 달리다 보면 눈이 돌아가는 새로운 풍경들이 자꾸만 나타난다. 그리고 여지없이 멈춰서게 된다. 그래서 항상 우리의 여행은 계획했던 것과 조금씩 달라졌다. 우리는 작고 귀여운 폭포를 만나서 또 차를 멈춰 세웠다. 폭포의 이름은 시두(Si ð u). 거대한 성벽 같은 절벽 꼭대기에서 흘러나온 물줄기는 아래로 곤두박질치고 있었다. 시원하게 흐르는 물줄기 옆으로는 작은 무지개가 피어나 있었다. 우리는 폭포와 무지개를 감탄하며 바라보았다. 그런데 차 문이 꺾여져 나갈 것처럼 거세게 부는 바람 때문에 차가운 물방울들이 사방으로 튀었다. 작은 물방울들이 얼굴을 강타하자 우리는 폭포에서 한걸음 뒤로 물러섰다.

얼굴을 때리는 물방울과 차가운 바람에 굴하지 않고 한동안 열심히 폭포를 사진에 담았다. 그러다가 폭포 맞은편으로 보이는 광활한 들판이 아름다워 보여 나도 모르게 그곳을 향해 걸어갔다. 시야를 가리는 건물이 없어서 세상이 뻥 뚫린 것 같이 느껴졌다. 노랗게 물든 하늘 아래로 지평선이 또렷하게 보였다. 계속 앞으로 나아가면 지구의 끝에 닿을 것만 같았다. 왠지 모르겠지만 가슴이 벅차올랐다. 하늘을 바라보니 붉은 해가 금방이라도 지평선 너머로 사라질 것 같았다. 해가 저물면 깊은 어둠이 찾아오니 자칫하면 아무것도 보지 못하고 숙소로 돌아가야 할 수도 있겠다 싶었다. 우리는 서둘러 다시 차에 올라탄 뒤에 협곡으로 향했다.

피아쓰라르글리우푸르, 쉬이 익숙해지지 않는 낯선 이름이다. 훗날 이곳의 기억을 떠올릴 때면 그 이름은 흔적도 없이 사라져 버릴 것 같다. 그래도 몇몇 이미지들은 잔상처럼 내 머릿속에 남아있을 것이라 믿는다. 거세게 부는 바람을 가르며 걷던 길, 핑크빛 구름, 거대한 협곡, 끝없이 떨어지던 폭포.

땅끝이 붉게 물드는 늦은 오후 피아쓰라르글리우푸르에 도착했다. 차 밖으로 나가니 바람이 심상치 않았다. 열린 차 문이 바람에 뜯겨 나갈 것 같았다. 우리는 털모자를 쓰고 바람막이를 꽁꽁 조여 입었다. 그리고 목 위로 목도리를 뱅뱅 감아 입과 코를 가렸다. 단단히 준비를 마친 뒤에 오르막길을 걷는데 심술궂은 바람이 내 몸을 강하게 떠밀었다. 다리에 힘이 풀리면 바람 따라 멀리멀리 날아갈 것 같았다.

어느 전설 속 커다란 용들이 날아다닐 것만 같은 거대한 협곡이 나타났다, 말문이 턱 막히고 모든 사고가 정지될 정도로 멋있는 풍경이었다. 감히 눈을 뗄 수가 없었다. 우리는 가만히 서서 망부석처럼 협곡을 바라볼 수밖에. 나에게 협곡의 모습은 완전히 새로우면서도 어딘가 익숙했다. 유명한 SF 영화나 내가 즐겨 하던 게임 속에서 보았을 법한 풍경이었기 때문이다. 웅장하게 솟아난 기암들 사이로 길게 뻗은 푸른 빛깔의 물줄기가 흐르고 있었다. 구름 낀 하늘은 붉그스름했고 울퉁불퉁한 바위 위로는 초록빛깔 이끼들이 잔잔히 깔려있었다. 아 이제야 아이슬란드 이끼가 좀 익숙해지기 시작했다.

글을 끄적이며 컴퓨터 안에 담겨 있던 아이슬란드 여행 사진들을 보고 있으니 지나간 순간들이 모두 꿈처럼 느껴졌다. 내가 진정 저 낯선 땅을 밟고 서 있었던가? 이렇게 열심히 찍어둔 사진들이 없었다면 시간이 오래 흐른 뒤에는 아마 믿지 못했을 것이다. 지나간 추억들이 머릿속에서 잊히는 것이 너무 아쉽다. 이렇게 글을 쓰는 것은 기억을 붙잡고 싶어서이다. 그때의 기억을 글로 적어 영원히 남겨두고 싶다.

협곡 여기저기에는 붉은 철재 구조물이 설치되어 있었다. 우리는 가파른 계단을 올라 철판 위에 올라서서 아름다운 협곡을 바라볼 수 있었다. 주차장에 차를 세워 두고 단 몇 분을 걸어왔을 뿐인데 이런 절경을 마주하게 되어 놀라웠다. 아이슬란드를 여행하며 매번 들었던 생각이 또 머릿속에 맴돌았다. 늘 이런 풍경을 보고 살아간다면 놀랍지 않을까나? 아니면 매번 새롭고 놀라울까나? 여행이 계속되어도 답은 오리무중이었다.

협곡 아래로 떨어지는 폭포를 오랫동안 바라보았다. 이 물줄기는 얼마나 많은 시간 동안 흘러내렸을까? 그 시간을 곱씹어보면 가슴이 먹먹해졌다. 이

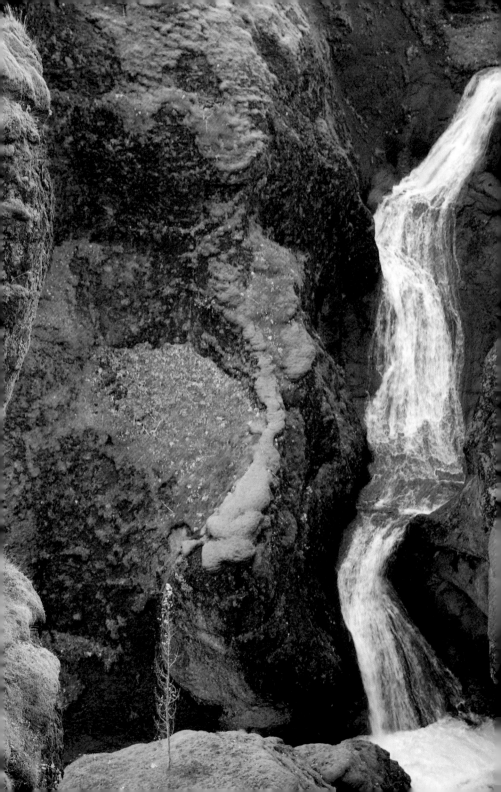

미 수백만 년이 지났을 수도 있다. 그리고 앞으로도 끊임없이 흐를 것이다. 그 시간에 비하면 내 삶은 그저 찰나일 뿐이다. 찰나일지라도 내 삶의 마지막에는 후회나 미련이 없었으면 좋겠다. 그러기 위해서는 대체 어떤 삶을 살아가야 할까? 아이슬란드 여행은 나에게 많은 생각을 안겨 주는구나.

거센 폭포 옆으로 나무 한 그루가 외로이 서 있었다. 가느다란 가지 끝에 노란 이파리들이 간신히 매달려 있었다. 이끼로 수북하게 덮인 딱딱한 바위 위에서 어찌 자라난 것인지 모르겠다. 그 모습이 왠지 애달파 보여서 나는 자꾸만 가녀린 나무에 눈이 갔다. 언젠가 내 발길이 다시 이곳에 닿게 된다면 너를 꼭 찾아올게 나무야. 너도 나처럼 찰나의 순간을 살아가고 있는거니?

어느새 해는 멀리 산 너머로 사라져 버렸다. 푸르렀던 하늘은 뜨겁게 불타오르는 중이었다. 하루 중 내가 가장 좋아하는 시간이 찾아왔다. 온 세상이 불그스름하게 변하는 황홀한 시간, 하늘은 핑크빛 구름으로 가득했다. 카메라 셔터를 누르는 손이 바빠졌다. 널따란 평원 위로 협곡에서 이어진 물줄기가 흐르고 있었다. 오랫동안 기억 속에 남기고픈 풍경들을 곱씹으며 아쉽게 돌아섰다.

호텔 라키와 밤하늘

우리는 숙소를 향해 달려갔다. 차창 너머로 곧 사라져버릴 아름다운 노을과 작별인사를 했다. 곧 도로 위는 암흑 속에 잠겨 버렸다. 어둠 속으로 달려가는 길, 하루의 끝이 다가오고 있었다. 우리는 오늘까지만 비크 언저리에서 머무르다가 내일 레이캬비크에 돌아가기로 했다. 원래 우리의 여행 계획은 링로드를 따라 섬을 한 바퀴 도는 것이었으나 회픈 다리가 침수되어 그럴 수가 없었다. 어쩔 수 없이 비크(Vik)에서 이틀을 머물게 되었는데, 다른 사람들도 우리와 상황이 비슷했나 보다. 비크에서 하룻밤 묵을 숙소를 구하기가 무척 힘들었다. 어제 머물렀던 호텔 디르홀레이 방도 겨우 구했었는데 오늘도 마찬가지였다. 이번에도 숙박 예약 어플에 방이 보이자마자 묻지도 따지지도 않고 일단 예약을 했다.

호텔 라키(Hotel Laki)에서 운영하는 에프리 비크(Efri-Vik)라는 이름의 방갈로가 오늘 묵을 숙소였다. 무섭도록 짙은 어둠이 깔린 밤, 호텔에 도착해 체크인하고 작은 지도를 하나 받았다. 손으로 직접 그린듯한 작고 귀여운 지도였다. 지도를 보며 우리가 묵을 방갈로에 찾아갔다. 방갈로는 나무로 만들어진 한 칸짜리 방에 화장실이 딸린 작은 집이었다. 샛노란 벽에는 오로라 사진이 담긴 액자 하나가 걸려있었다. 밖은 허연 입김이 나올 정도로 추웠지만,

방갈로 안은 라디에이터를 틀어 놓아 따뜻했다. 캐리어 하나를 제대로 필 공간조차 없는 작은 침대만 덩그러니 놓여 있던 방 그리고 한기에 몸이 덜덜덜 떨리던 화장실까지 시설은 좋지 못했던 숙소였다. 하지만 이곳에서의 하룻밤은 오래도록 좋은 기억으로 남아있다. 방은 작아도 따뜻하며 아늑했고 화장실에서는 뜨거운 물이 콸콸 잘 나와서 으슬으슬한 추위도 곧 괜찮아졌다. 방갈로 문을 열고 나가면 끝없는 초원이 펼쳐졌고, 우리는 밤하늘 아래 서서 쏟아지는 별들을 한없이 바라볼 수 있었다.

늦은 시간에 숙소에 도착한 우린 아직 저녁을 먹지 않은 상태였다. 배가 고파서 구글 지도를 뒤적였는데 호텔 근처에는 마땅한 식당이 없었다. 호텔 안에 늦게까지 영업하는 레스토랑이 딱 하나 있을 뿐이었다. 우리에게 다른 선택지는 없었다. 방갈로 안에 짐을 던져놓고 서둘러 식당으로 향했다. 은은한 조명이 깔린 레스토랑 안은 꽤 근사했다. 하얀 식탁보가 곱게 깔린 테이블마다 초가 놓여 있었다. 노란 촛불이 우릴 반겨주는 듯 흔들거렸다. 창가 옆에 자리를 잡고 앉아 랑구스틴 수프와 대구 스테이크, 글라스 와인 두 잔을 주문했다.

음식들은 모두 훌륭했다. 진하고 고소한 해물 수프 위에 동동 떠 있었던 랑구스틴. 이전에 먹었던 랑구스틴과는 달리 탱글탱글 탄력이 있는 식감이었다. 대구 스테이크는 한 입 베어 물자 부드럽게 입속에서 녹아내렸다. 우리가 아이슬란드 마트에서 사서 요리했던 대구는 왜 이런 맛이 나질 않았던가? 이날은 우리가 만난지 6년이 되던 날이었다. 내가 스물한살이었을 때 스물여섯

살인 남편을 처음 만났다. 풋풋했던 우리의 어린 날들이 주마등처럼 머릿속을 스쳐 지나갔다. 날이 갈수록 추억들은 점점 더 쌓여가고 우리는 서로에게 더욱 소중한 존재가 되어가고 있었다. 쨍그랑- 와인 잔을 부딪치며 6주년을 기념했다. 유리잔 속 붉은빛은 점점 줄어드니 취기가 올라 기분이 몽롱해졌다. 사람들이 저마다 내는 소리가 흥겨운 음악처럼 귓가에 들려왔다. 레스토랑 안은 포근했고 요리들은 맛있었고 서로가 함께여서 행복했다. 마치 기분 좋은 꿈을 꾼 것처럼 시간은 지나갔다.

저녁 식사를 마치고 방갈로에 돌아왔다. 배가 부르니 몸이 노곤해져서 곧장 침대 위에 엎어져 잠들고 싶었다. 하지만 아이슬란드까지 왔는데 이대로 하루를 끝낼 수는 없었다. 우리 둘은 방갈로 안에서 온몸을 꽁꽁 싸맨 뒤에 밖으로 나갔다. 히트텍과 맨투맨, 바람막이, 두꺼운 패딩, 기모 바지, 울 모자, 장갑 그리고 핫팩까지 준비했다. 광활한 초원 위로 시커먼 하늘이 보였다. 우리는 밤하늘을 오래도록 바라보았다. 짙은 어둠 속에 서니 비로소 반짝이는 별들이 보이고 태양처럼 훤히 빛나는 달도 보였다. 사막을 횡단하던 대상들이 왜 별과 달을 길잡이로 삼았는지 알 것도 같았다. 짙은 어둠을 밝혀주는 별과 달이 얼마나 신비로웠을까?

우리는 밤하늘을 바라보며 별자리들을 찾기 시작했다. 내가 먼저 단박에 찾은 별자리는 바로 오리온자리였다. 언제부터였던가 밤하늘을 올려 볼 때면 습관처럼 오리온자리를 찾아보고는 했다. 내 첫 기억은 고등학교 시절로 거슬러 올라간다. 야간 자율학습을 마치고 집으로 돌아가던 길, 집 앞 공원 언저리에서 잠깐 밤하늘을 보다가 집으로 들어가곤 했었다. 어쩌다가 오리온자리를 발견하면 눈에 가득 별들을 담아 터벅터벅 집으로 돌아갔다. 끝나지 않을 것만 같던 그 시절은 훌쩍 지나가 버렸다.

어린 나는 어른이 되기를 무척 고대했었다. 어른이 되면 삶이 확 달라질 줄 알았다. 하고 싶은 것들을 마음껏 하면서 재미나게 살아갈 줄 알았다. 하지만 지금의 나는 어릴 때와 다를 바가 없다. 여전히 하루하루 견디며 살아가고 내가 선택할 수 있는 것들은 많지 않았다. 어릴 때나 어른이 되어서나 선택에는 엄청난 용기가 필요했고, 어른이 된다고 절로 용기가 생기는 건 아니었다. 고요한 밤하늘 번득이는 오리온자리는 언제나 그대로이구나. 나는 과연 어떤 삶을 살게 될까?

9. 빙하호

프얄살론

이른 새벽 일어나 선선한 공기를 마시며 주위를 산책하고 싶었다. 새롭게 시작되는 하루에 대한 벅찬 기대 덕분인지 항상 알람 없이도 잘 일어났다. 그러나 어제 별을 찍겠다고 늦게 잠들어 몸이 몹시 고단했나 보다. 조식시간에 겨우 일어나 밖으로 나왔다. 마침 지평선 부근에서 해가 떠오르고 있었다. 땅 위에서 솟아오르는 해는 여전히 낯설었다. 아침 햇살이 넓은 초원을 포근하게 감싸 안아 주었다. 땅 위로 솟아난 이름 모를 이파리며 방갈로의 하얀 판넬 벽, 가지만 남은 나무들 모두 노랗게 물들었다. 우리도 노란 햇살을 듬뿍 머금은 채 언덕 위를 향해 올라갔다. 언덕 위에는 커다란 호텔 건물이 서 있었고, 언덕 아래에는 우리가 묵었던 방갈로들이 여러 채 흩어져 있었다.

어제 먹었던 호텔 라키 안 레스토랑으로 들어갔다. 어제 저녁 식사를 했던 자리에 그대로 앉아 아침 식사를 시작했다. 창 너머로 우리가 하룻밤 묵었던 하얀 방갈로가 보였다. 방갈로마다 검은 그림자가 길게 늘어져 있었다. 그 뒤로는 밤에는 보지 못했던 푸른 호수가 보였다. 어젯밤 조금만 더 멀리 걸어 나갔다면 호수에 풍덩 빠졌을 수도 있었겠다. 내가 앉은 자리에 아침 햇살이 살포시 내려앉았다.

손에 닿는 햇살의 감촉이 참 따스했다. 신선한 야채, 치즈, 빵과 햄, 라즈베리 셰이크와 커피. 거창한 메뉴들은 아니었어도 포근한 햇살과 함께하는 아침 식사에 기분이 좋아졌다. 날씨가 좋으면 특별히 노력하지 않아도 절로 기분이 좋아진다. 여행 중 좋은 날씨를 만나는 것이 얼마나 큰 축복인지 깨닫는다. 든든하게 조식을 챙겨 먹고 언덕 아래로 내려왔다. 하룻밤 묵었던 방갈로에 돌아와 열심히 캐리어를 싸며 체크아웃을 준비했다.

　오전에 프얄살론(Fjallsarlon) 보트 투어를 예약해두었는데 아침에 너무 여유를 부린 탓인지 우리에게 남은 시간이 별로 없었다. 예약해둔 시간에 맞춰 가려면 프얄살론까지 1번 국도를 따라 1시간 30분 동안 쉬지 않고 꼬박 달려가야 했다. 어제 빙하 트레킹을 위해 찾아갔었던 스카프타펠보다 더 먼 거리였다. 빙하로 덮인 산과 파란 하늘을 마주하며 뻥 뚫린 1번 국도를 달려 갔다. 다큐멘터리에서나 보던 그런 풍경을 눈앞에 두고 달리고 있었다. 지금 난 꿈을 꾸고 있는 것은 아닐까?

　열심히 차를 타고 달려 예약 시간에 빠듯하게 도착했다. 검은 컨테이너 건물 안으로 들어가 서둘러 두꺼운 방한복을 껴입었다. 무거운 카메라는 호수 속으로 빠질 것 같아 핸드폰과 고프로만 챙겨 나왔다. 두툼한 방한복을 입으니 곰이 된 것처럼 몸이 무거웠다. 보트가 있는 곳까지 뒤뚱뒤뚱 걸어갔다. 빙하가 녹은 물은 투명하게 맑아 보일 것 같았는데 직접 보니 푸르스름한 회색빛이 돌았다. 우리는 가득 채운 공기로 팽팽해진 고무보트 위에 올라탔다. 보트 양쪽 가장자리에 차례차례 한 명씩 촘촘하게 채워 앉았다. 모두가 자리에 앉으니 키가 큰 푸른 눈의 청년이 보트 모터를 작동시켰다. 작은 보트는 드릉드릉 소리를 내며 힘차게 빙하호 속으로 달려 들어갔다.

잔잔한 호수 위로 푸르스름한 빙하 조각들이 둥둥 떠다녔다. 처음 보는 광경이라 그런지 보고 또 보아도 계속 신기했다. 아이슬란드에서 안 신기한 풍경이라곤 없었지만, 호수 위를 떠다니는 빙하는 좀 남달랐다. 내가 늘 상상하던 빙하는 이렇게 물 위에 둥둥 떠다니는 모습이었다. 만화에서 보았던 둘리가 타고 내려온 빙하도 이렇게 생겼던 것 같다.

투어 가이드가 보트를 멈춰 세우고는 호수 위로 손을 뻗쳐 투명한 얼음 조각 하나를 들어 올렸다. 얼음 덩어리를 바라보는 이들의 얼굴에 천진난만한 웃음이 피어올랐다. 얼음 조각은 차례차례 옆으로 건네지다가 마침내 내 품 안으로 왔다. 가까이서 바라본 차가운 덩어리는 햇살을 받아 반짝반짝 빛났다. 장갑을 벗고 맨손으로 얼음 조각을 만져보았다. 손가락이 얼어버릴 것 같은 매서운 차가움이 느껴졌다. 얼음 조각은 푸르게 보이던 덩치 큰 빙하와는 달리 맑은 유리처럼 투명했다. 곧 작은 얼음 조각은 다시 호수 위로 되돌아갔다.

보트 모터가 요란한 소리를 내며 멀리 보이던 푸르스름한 빙하 곁으로 다가갔다. 가까이서 보니 빙벽이 무지하게 컸다. 겹겹이 오랜 세월 쌓여 공기가 빠진 두꺼운 빙하는 파장이 짧은 푸른빛을 산란시켜 우리 눈에 파랗게 보인다고 한다. 그 신비스러운 푸른빛은 하늘이나 호수보다도 더 푸르딩딩해서 우리의 눈길을 사로잡았다. 프얄살론에는 인간이 만들어낸 그 어떤 것도 보이질 않았다. 그저 작은 보트들만 왕왕 지나다닐 뿐이었다. 날 것의 지구를 실컷 볼 수 있었던 재미난 시간이었다. 1시간 동안 빙하호를 한 바퀴 도는 것으로 보트 투어는 끝이 났다. 우리는 투어를 함께한 사람들과 작별인사를 나누고 돌아섰다. 아쉬운 마음에 이리저리 사진을 잔뜩 남겨두고 바로 옆 더 큰 빙하호인 요쿨살론으로 향했다.

요쿨살론

프알살론 보트 투어를 마치고 우리는 요쿨살론(Jokulsarlon)으로 향했다. 요쿨살론은 아이슬란드 여행을 준비하며 특히 기대가 컸던 곳이었다. 여태 상상으로 그려왔던 빙하의 모습의 전형이 바로 이 요쿨살론이었다. 요쿨살론은 아이슬란드에서 가장 큰 빙하호로 바트나요쿨의 빙하가 녹아 만들어진 것이다. 안타깝게도 지구 온난화로 급격히 그 크기가 줄어들고 있다,

푸르딩딩한 빙하호를 보자마자 입에서 자연스레 탄성이 세어 나왔다. 눈앞에 보이는 커다란 호수는 너무나도 신비롭고 아름다웠다. 머리 위로 새파란 도화지 같은 하늘이 무한대로 펼쳐져 있었다. 구름 한 점 없는 하늘을 계속 보고 있노라면 그 속으로 온몸이 빨려 들어갈 것 같았다. 호수 위에는 제각기 모양이 다른 빙하 조각들이 둥실둥실 떠 있었다.

한동안 우리 둘 다 말없이 카메라를 들고 정신없이 눈앞의 풍경을 사진으로 담았다. 매끄러운 거울을 빙하 밑에 깔아둔 것처럼 고요한 호수 위로는 아름다운 빙하의 반영이 담겨 있었다. 어린 날 언제였던가 하얀 도화지 한쪽에 물감을 잔뜩 칠해 놓고 종이를 반으로 접어 반대편에 알 수 없는 문양을 쉼 없이 찍어대던 내 모습이 떠올랐다. 눈앞에 보이는 저 반영도 누군가 반으로

접어 찍어낸 것이 아닐까나? 프얄살론에 갔을 때는 보트를 타고 멀리 나아가서야 가까이서 빙하를 볼 수 있었다. 그런데 요쿨살론은 사람의 발길이 닿는 곳곳마다 빙하 조각들이 흩어져 있었다. 조심스레 집어 든 얼음 덩어리는 무척 투명해서 내 손이 훤히 비칠 정도였다. 하지만 너무 차가워서 오래 쥐고 있을 수는 없었다. 원래 있던 곳에 살포시 빙하 조각을 내려다 놓고 다시 주변을 거닐었다.

요쿨살론은 바다와 연결되어 있었다. 커다란 다리가 보이는 쪽으로 걷다 보니 바다와 호수의 경계 지점이 나타났다. 방금까지만 하더라도 파동 없는 정적인 호수만 보였으나 다리 아래로는 물줄기가 거칠게 흐르고 있었다. 그 물살을 따라 빙하 조각들이 끊임없이 떠내려오고 있었다. 바트나요쿨에서 태어난 빙하는 요쿨살론을 지나 대서양을 건너 먼바다까지 흘러간다. 바다 깊은 곳으로 녹아든 빙하는 지구 구석구석을 떠돌아 다니겠지. 나의 삶도 빙하 같았으면 좋겠다. 좁은 세상에서 벗어나 아름다운 지구를 맘껏 노닐다가 떠나고 싶다.

나는 정적인 삶을 살고 있기에 항상 자유를 꿈꾸는 것일까? 인간은 늘 갖지 못한 것을 바란다. 자유로운 삶을 살게 된다면 다시 정적인 삶을 꿈꾸게 될런지도. 하지만 걸어가 보지 못한 길에 대한 동경이 아니라, 내 본성 때문에 자유를 꿈꾸고 있는 것이라면 꼭 참고 사는 것이 능사는 아닐 것이다. 사실 아직도 난 모르겠다. 이 삶에서 벗어나고 싶은 내 마음이 단순한 치기인지 아니면 내 본성이 그러해서인지, 부딪혀 봐야 비로소 알게 될까?

다이아몬드 비치

아이슬란드 남동부 커다란 빙하호 요쿨살론 옆에는 다이아몬드 비치라고 불리는 검은 해변이 있다. 이 해변 위로는 빙하 덩어리들이 무질서하게 흩어져 있다. 사진으로만 보았던 검은 모래 위를 천천히 걸었다. 크고 작은 빙하 조각들이 해변 위에 널부러져 있었다. 빙하 조각들은 햇살을 받아 반짝였다. 왜 이곳을 다이아몬드 비치라 부르는지 알 것 같았다. 은은하게 반짝이는 빙하 조각들이 찬란한 다이아몬드 보석처럼 보였다.

검은 자갈들이 자글자글한 해변 위로 하얀 포말이 왔다 갔다 했다. 투명한 바다 아래로 손을 넣어 보았다. 차가운 바닷물이 손가락 사이사이로 스며들자 정신이 번쩍 들었다. 해변 위에 굳건히 자리를 잡은 빙하들은 멀리 하늘에서 툭 떨어진 것 같았다. 빙하 덩어리에 손을 가져다 내년 콘크리트 벽을 만지는 것처럼 단단했다. 내 키보다 큰 빙하 덩어리부터 시작해서 자갈들과 뒤섞여 굴러다니는 작은 얼음 조각들까지 그 크기는 제각각이었다.

먼바다 위로 빙하가 둥둥 떠다니고 있었다. 파도치는 해변 위를 나뒹구는 빙하 조각들은 서서히 바다로 스며들고 있는 와중이었다. 빙하는 작은 알갱

이가 되어 우리 눈앞에서 사라져 버릴 테지만 새 삶을 얻어 망망대해를 떠돌 것이다. 그리고 자유롭게 돌고 돌아 언젠가 다시 빙하가 될지도 모른다. 다이아몬드 비치를 생각하면 바다 위 떠 있던 고래 꼬리처럼 생긴 작은 얼음 덩어리가 기억에 남는다. 아이슬란드에 와서 고래를 보지 못해서 아쉬웠는데 고래 꼬리 모양 빙하를 보며 위안 삼았다.

프얄살론부터 시작해서 요쿨살론, 다이아몬드 비치까지 원 없이 빙하를 실컷 보았다. 그리고 마침내 해변을 떠나는 발걸음은 참 무거웠다. 지금 떠나면 언제 다시 이곳에 와보려나? 아이슬란드를 알기 전까지만 하더라도 살아생전 내가 이런 풍경들을 보게 되리라고는 상상조차 하지 못했었다. 인생은 알다가도 모를 일이다. 이 아름다운 지구의 모습을 이토록 젊은 날에 보게 되어 난 참 행복한 사람이구나, 감사히 살아야겠구나 싶었다.

10 . 검 은 바 다

로마그누푸르

엊그제 우리는 스카프타펠에 간다고 1번 국도를 달렸었고 오늘은 프얄살 론과 요쿨살론에 가기 위해 또다시 1번 국도를 달렸다. 1번 국도를 왔다 갔 다 하면서 자꾸만 우리 눈에 띄던 돌산이 하나 있었다. 평원 위에 홀로 우뚝 선 커다란 산의 모양새가 무척 특이해서 눈길을 주지 않고서는 지나칠 수 없 었다. 다이아몬드 비치에서 한참 시간을 보내고 돌아가는 길에 우리는 이 기 괴한 돌산을 보고 가려고 차를 멈춰 세웠다.

돌산의 이름은 로마그누푸르(Lomagnupur). 백만년 전 화산활동으로 만 들어진 거대한 산이다. 우리나라에서 흔하게 보던 산봉우리들은 봉긋 솟아오 른 모양이었는데 로마그누푸르는 봉우리 모양이 넙데데했다. 제주도에서 보앉던 성산 일출봉이나 산방산이 떠올랐다. 아마도 제주도와 아이슬란드 모두 화산섬이라서 비슷한 지형이 만들어졌나 보다. 절벽 아래로 보이는 물결무늬는 용암이 흘러내리다가 그대로 굳은 자국처럼 보였다. 우리는 산을 멀리서 조망하기 위해 도로 위를 건너갔다. 졸졸졸 흐르는 개울을 건너가니 아름다운 반영이 나타났다. 호수 위에는 구름 한 점 없는 눈부시게 푸르른 하늘과 로마그누푸르가 담겨 있었다. 차를 멈춰 세울 때 우리는 이렇게 아름다운 광경을 보게 될 줄은 상상하지 못했었다. 뭔가 얻어걸린 기분이었다.

오른쪽으로 고개를 돌리면 멀리 설산이 보였다. 아마도 우리가 떠나온 바트나요쿨 국립공원일 것 같았다. 그리고 눈앞에는 로마그누푸르가 있었다. 황홀했다. 우리는 열심히 풍경들을 사진 속에 담았다. 갈색 잡초들이 무성한 허허벌판에 오직 우리 둘뿐이었다. 고요한 들판 위로는 우리의 목소리와 이따금 도로 위를 지나다니는 자동차의 쌩-하는 소리뿐이었다.

로마그누푸르는 아이슬란드 사람들에게는 남다른 의미를 지닌 산이다. 이 돌산 절벽에 아이슬란드의 수호신이 살았다는 전설이 전해져 내려오기 때문이다. 아이슬란드 국장을 살펴보면 오른쪽 아래로 철제 막대를 든 하얀 수염의 거인을 볼 수 있다. 로마그누푸르에 살았다는 아이슬란드 남쪽을 지켜주는 수호신이다. 눈앞에 보이는 돌산을 바라보고 있노라면 누구든 신의 존재를 믿게 될 것만 같았다. 그 웅장하고 신비로운 자태는 인간이 만들어 낼 수 없는 것이었다. 아이슬란드 여행을 처음 시작했을 때 하늘에는 구름이 가득했었다. 그때 같은 날씨였다면 반영이고 뭐고 코앞의 돌산도 제대로 보지 못

했을 것이다. 새삼 맑은 날씨를 안겨준 아이슬란드에 감사했다. 요쿨살론에서 근사한 반영을 보고 와서 무척 들떠 있었는데, 링로드를 지나가다가 또 아름다운 반영을 만나게 되었다. 무엇을 해도 잘 풀리지 않는 날이 있다가도, 술술 모든 일이 잘 풀리는 날도 있었다. 오늘은 왠지 잘 풀리는 그런 날인가 보다 생각하며 여행을 계속했다.

양

　아이슬란드 링로드를 달리다가 재미난 일을 경험했다. 양 몇 마리가 공중 부양을 하며 도로 위를 건너는 장면을 보게 된 것이다. 순간 정말 양들이 하늘을 날아 오르는 줄 알았다. 찰나의 순간이라 사진에 담지는 못했으나 아직도 기억에 생생하다. 그 후로도 우리는 양들과 자주 만났다. 링로드를 오가다 보면 들판 위에서 한가로이 풀을 뜯고 있는 양들을 쉽게 볼 수 있었기 때문이다.

　잡풀이 우거진 들판 위로 양들이 이리저리 돌아다니고 있었다. 양들의 머리 양쪽으로 커다란 뿔이 솟아나 있었다. 토실토실한 몸에 비해 꼬리는 아주 작고 앙증맞았다. 복슬복슬한 털로 덮인 양들은 짧은 다리를 뒤뚱거리며 걸었다. 그 모습이 어찌나 귀엽던지. 우리는 귀여운 양들을 카메라 속에 열심히 담았다. 그러나 생각보다 양들에게 더 가까이 다가갈 수는 없었다. 다가가면 슬금슬금 양들이 반대편으로 이동했기 때문이다. 친근하게 다가오던 아이슬란드의 말과는 달리 양들은 낯선 사람을 경계하는 것 같았다. 그래도 망원 렌즈를 챙겨온 덕분에 멀리서도 양들의 자연스러운 모습을 담을 수 있었다.

아이슬란드에는 사람보다도 양이 더 많이 살고 있다. 그 수는 무려 80만 마리에 이른다. 그러니 도로 위를 달리며 사람 보기는 힘들어도 양들은 쉽게 볼 수 있던 것이다. 사실 오래전 아이슬란드에는 양이 살지 않았다. 노르웨이에서 아이슬란드로 건너온 바이킹족이 양들을 데려온 것이 시작이었다. 척박한 아이슬란드 땅에 정착한 사람들은 주로 어업이나 목축업에 종사하며 살아갔다. 그래서 이곳 사람들에게 양은 아주 소중한 존재였다. 양털을 이용해 추운 날씨를 버텼고 질 좋은 양모제품들을 만들어 다른 나라에 팔기도 했다. 그리고 양들을 먹기도 했다. 아이슬란드 사람들은 양고기를 즐겨 먹는다. 썩히지 않고 오래 두고 먹기 위해 훈제해서 먹기까지 한다.

평화롭게 뛰어다니는 양들을 보면서 양고기를 떠올린 것이 왠지 양들에게 미안했지만 이미 우리 둘은 아이슬란드에 와서 양고기를 실컷 먹은 상태였다. 양들을 뒤로하고 다음 일정을 위해 차 안으로 돌아왔다. 이날 숙소는 레이캬비크에 잡아두어서 비크(Vik)를 거쳐서 가야 했다. 비크에 들리는 김에 디르홀레이를 구경하고 레이캬비크 쪽으로 넘어가기로 했다.

디르홀레이

비크에 있는 'Soup Company'라는 평점 좋은 식당을 찾아 갔는데 하필 휴무일이었다. 도대체 어디서 밥을 먹을까 고민에 빠진 우리 앞에 기념품 상점 하나가 나타났다. 수채화로 그린 퍼핀이 담긴 커다란 포스터가 창문에 붙어 있었는데 문을 닫는다기에 얼렁뚱땅 안으로 들어갔다. 진열장 위로 갖가지 아이슬란드 기념품들이 가득했다. 특히 귀여운 퍼핀과 관련된 기념품들에 눈길이 갔다. 아이슬란드는 퍼핀 서식지로 유명한데 여름철 무려 천만 마리의 퍼핀이 아이슬란드를 찾는다고 한다. 여름이 아닌 가을에 아이슬란드를 찾은 우리는 퍼핀을 볼 수 없었다. 하지만 그 귀여움에 홀딱 반해 퍼핀이 담긴 기념품들을 자연스레 주워 담게 되었다. 언젠가 여름에 다시 아이슬란드를 찾아 퍼핀을 보리라 마음먹으며 말이다. 마음 같아서는 기념품들을 잔뜩 한국에 데려가고 싶었지만, 가격이 어마어마한지라 마음껏 살 수는 없었다. 그랬다가는 여행 도중에 파산할 수도 있었다. 극도의 자제력을 발휘해 조그만 유리잔 두 개를 집어 들었다. 한국에 무사히 데려온 잔들은 우리 부부의 술잔으로 요긴하게 쓰이고 있다.

　식당들이 이른 시간에 문을 닫는 바람에 특별히 찾아갈 곳이 없었다. 운 좋게도 기념품 상점 옆 식당이 아직 영업 중이라 안으로 들어갔다. 치즈가 듬뿍 들어간 피자와 오늘의 수프, 샐러드를 시켰다. 인상적인 맛은 아니었지만 시장이 반찬이라는 말은 이럴 때 쓰는가 보다. 꼬르륵 소리를 내는 주린 배 덕분에 맛있고 배부르게 잘 먹었다.

　디르홀레이로 가는 길에 보이던 하늘은 마치 동트기 전 새벽처럼 푸르스름하게 보였다. 가로등 하나 없는 오르막길을 운전하는데 땀이 삐질 났다. 혹시라도 낭떠러지로 굴러떨어질까 어찌나 불안하던지 모른다. 나는 조심조심 거북이처럼 기어가듯이 앞으로 갔다. 겨우 주차장에 도착해 안도의 한숨을 내쉬었다. 멀리 보이는 하늘은 지는 해 때문인지 발그스름했다. 언덕 위에는 하얀 등대가 하나 있었다. 때마침 등대에 노란 불이 켜졌다. 멋진 하늘과 등대를 배경으로 검은 실루엣이 담긴 사진들을 여럿 담았다. 늘 보던 파란 하늘

이 아닌 온갖 빛깔들이 뒤섞인 묘한 하늘이었다. 이제 곧 태양이 땅끝을 뚫고 나가 멀리 사라지고 나면 세상은 컴컴한 암흑 속으로 빠져들 것이다. 우리는 신나게 서로의 사진을 찍어 주며 짙어가는 노을을 만끽했다.

디르홀레이에 온 것은 코끼리 바위를 보기 위해서였다. 여행 계획을 짜며 사진으로만 여러 번 보다가 드디어 직접 마주하게 되었다. 기다란 코와 둥그런 몸통, 그리고 머리까지 누가 코끼리라고 말해주지 않아도 바위를 보면 저절로 코끼리가 생각났다. 코끼리 바위 옆 검은 해변 위로 파도가 넘실거렸다. 철썩이는 파도 소리가 내 귓속으로 파고들었다. 태양은 마지막 신음을 내뿜으며 지평선 너머로 사라졌다. 해가 떠나간 자리는 붉게 타오르고 있었다. 이제 해변과 바다를 구분할 수 없을 정도로 세상은 어두워졌다. 눈앞에는 검은 바다와 검은 하늘이 보일 뿐이었다.

반대편으로 고개를 돌려보니 멀리서 둥그런 달이 떠오르고 있었다. 우리는 언덕 위에 가만히 서서 절벽 위로 솟아오르는 달을 바라보았다. 달이 걸려있는 절벽 아래로 보이는 해변은 얼마 전 우리가 다녀왔던 비크의 검은 모

래 해변인 레이니스피아라였다. 트롤 셋이 돌로 변했다는 전설이 담긴 바위인 레이니스드랑가르(Reynisdrangar)도 작게 보였다. 아이슬란드에 와서 달이 지고 달이 떠오르는 장면을 모두 보게 되었다. 빼꼼 모습을 내민 달은 아주 훤하고 밝았다. 절벽 아래 해변으로 들이치는 파도는 달빛을 머금어 반짝였다. 반짝이는 빛의 조각들을 한참 바라보았다. 반짝이는 것들은 왜 이리도 사람의 마음을 끌어당기는 것일까? 저 훤한 달이 있다면 어둠도 무섭지 않을 것 같았다. 마침내 밤하늘 위로 솟아오른 달이 우리에게 인사를 건넸다.

"안녕, 아이슬란드에 온 것을 환영해."

행복한 밤이었다.

이윽고 컴컴한 밤이 되었다. 우리는 이제 레이캬비크로 가야 했다. 아이슬란드 1번 국도를 따라 2시간여를 달려야 레이캬비크에 닿을 수 있었다. 돌아가는 길 운전석 왼편으로 이름 모를 호수가 하나 나타났다. 호수 위로 노을 지는 하늘이 담겨 있었다. 우리는 마치 하늘 위를 달리는 듯한 기분으로 도로 위를 달려갔다.

11 . 두 번째 오 로 라

두 번째 오로라

아이슬란드의 밤 운전이 시작되었다. 한 치 앞도 분간하기 힘든 어둠을 뚫고 앞으로 나아가야 했다. 도로 위를 밝혀주는 불빛이 없어 자동차 헤드라이트 불빛에 의지하며 운전했다. 한 시간쯤 흐르자 남편이 졸음이 쏟아진다며 잠시 쉬어가자고 말했다. 이른 아침부터 하루를 시작했으니 피곤할 법도 했다. 게다가 초보운전자인 나에게 밤길 운전을 맡길 수 없다며 운전을 도맡아 하던 중이었다. 우리는 갓길에 차를 세워 두고 쪽잠을 잤다.

꿀맛 같은 휴식을 마친 뒤에 다시 레이캬비크로 향했다. 나는 멍하니 검은 창밖을 바라보고 있었는데, 순간 창 너머로 시커먼 연기 기둥 세 개가 보였다. 저게 무엇일까 생각에 잠긴 찰나, 까만 하늘 위로 어렴풋이 초록색 빛줄기가 보이는 것이 아닌가? 나는 너무 깜짝 놀라 소리를 질렀다.

"오로라다!"

우리는 급히 갓길에 차를 멈춰 세웠다. 그리고 후다닥 트렁크에서 삼각대를 꺼내 카메라를 설치했다. 그리고 초록색 빛줄기를 카메라에 담았다. 눈으로 봐도 사진으로 봐도 분명 틀림없는 오로라였다. 밤하늘 위에서 초록색 빛줄기가 넘실거리며 춤을 추고 있었다. 아주 강렬한 오로라였다. 넓게 퍼졌다가 오그라들었다를 반복하며 사방으로 뻗쳐 나가는 빛줄기에 우린 넋을 잃고 말았다. 하늘거리는 얇은 천을 휘감은 무용수가 춤을 추는 것 같았다.

우리는 쉴 틈 없이 카메라 셔터를 눌러댔다. 오로라를 잘 담기 위해서는 장노출로 찍어야 해서 카메라 셔터를 한 번 누를 때마다 15초에서 20초 정도의 시간이 걸렸다. 셔터를 누르고 난 뒤 기다렸다가 사진이 찍히면 또다시 셔터를 누르고를 반복했다. 오로라를 바라보며 촬영하는 동안 갓길에 차들이 몇 대 더 멈춰 섰다. 아마 도로 위를 지나가며 춤추는 오로라를 본 모양이다. 다들 차에서 내려 삼각대를 설치하고 카메라에 오로라를 담느라 바빴다. 오로라 공장이 뚝딱 차려진 것 같았다.

이렇게 우연히 오로라를 보게 될 줄은 꿈에도 몰랐다. 단전에서부터 벅찬 감동이 밀려 올라왔다. 내 눈에 방울방울 눈물이 맺혔다. 그래, 내가 상상하던 오로라는 바로 이런 모습이야! 하늘 위에서 춤을 추듯 격렬하게 움직이는 빛줄기의 모습, 너무 기쁘면서도 믿기지 않았다. 눈으로 보고 느끼면서도 현실감이 떨어지던, 말로 표현하기 어려운 그런 순간이었다.

밤하늘의 빛줄기는 점점 더 강렬해졌다. 우리는 멍하니 오로라를 바라보았다. 오로라가 강렬하게 휘몰아칠 때마다 갓길에 선 사람들 모두가 동시에 탄성을 질러댔다. 그리고 터져 나오는 웃음소리. 주위를 둘러보면 모두가 나와는 다른 세상에서 온 사람들이었다. 모두 서로 다르게 생기고 말도 통하지 않았지만, 순간 함께 웃고 소리를 지르면서 하나가 된 기분이 들었다.

시간이 흐르자 오로라는 천천히 사그라들기 시작했다. 오로라가 사라지지 않았다면 우리는 몇 시간이고 이곳에 서서 하늘을 바라보았을 것이다. 오로라를 바라보는 순간에는 모든 시간이 멈춘 것처럼 느껴졌으니까 말이다. 그러나 야속하게도 밤하늘의 빛줄기는 점점 옅어져만 갔다. 오로라가 사라져가니 비로소 온몸이 시려왔다. 오랜 시간 밖에 서 있어서 추위가 몸속 깊이 스며들었나 보다. 아쉽지만 이제 레이캬비크에 돌아가야 할 시간이다.

우리가 비크에 들리지 않고 곧장 레이캬비크로 갔다면 어떻게 되었을까? 갓길에서 쪽잠을 자지 않고 졸음을 꾹 참고 그대로 레이캬비크로 갔다면 또 어땠을까? 혹은 해가 저물고 달이 떠오르던 디르홀레이에 들리지 않았다면? 우리가 지나온 순간순간마다 다른 선택을 했더라도 오로라를 볼 수 있었을까? 다양한 선택들이 모여 우리는 때마침 이곳을 지나가게 되었고 우연히 오로라를 보게 되었다.

오래전부터 염원했던 이룰 수 없던 꿈이 갑자기 예고도 없이 이뤄졌다. 이 놀라운 순간이 운명처럼 느껴졌다. 아이슬란드행 티켓을 끊었을 때부터 오늘을 위해 달려온 것은 아닐까? 오로라가 우리를 끌어당긴 것처럼 느껴졌다.

발길이 쉬이 떨어지지 않았다. 우리는 삼각대를 고이 접어 트렁크에 넣어두고 차에 올라탔다. 차에 올라타서도 흥분은 가시지 않았다.

밤하늘을 가득 채우며 황홀한 춤을 추던 오로라. 그 아름다운 장면을 가슴 깊이 담아 두고 들뜬 기분으로 레이캬비크를 향해 달려갔다. 심장이 흥분했는지 계속 벌떡거려서 졸음이 확 가셨다. 우리의 마지막 목적지는 어제 급하게 잡아 둔 레이캬비크 시내의 어느 아파트였다. 여기서 하루를 머무른 뒤 실리카 호텔에 가서 아이슬란드에서의 마지막 밤을 보낼 작정이었다.

다시 레이캬비크

레이캬비크로 돌아오는 길 할그림스키르캬가 차창 너머로 보였다. 교회는 어둠 속에서 훤히 빛나고 있었다. 여행 첫날의 잔상들이 머릿속을 스쳐 지나갔다. 막 아이슬란드에 도착했던 우리는 우여곡절 끝에 공항에서 렌트카를 빌려 탔었다. 레이캬비크에 들어서며 이 우뚝 솟은 교회를 처음 보게 되었고 교회는 낯설기 그지없었다. 그런데 지금은 동네 교회를 보듯이 친근하게 느껴졌다. 우리는 어느새 여행의 끝을 바라보고 있었다. 밤늦게 레이캬비크 숙소에 도착해 체크인을 마치고 방 안으로 들어섰다. 급하게 잡았던 숙소라 아무런 기대가 없었는데 생각보다 너무 좋았다. 둘이 쓰기에 과분할 정도로 넓은 공간에 감각적인 인테리어가 돋보였다.

침대 옆 창밖으로 붉은 네온사인이 흔들리고 있었다. 네온사인에 이끌려 창가에 다가서니 레이캬비크의 한적한 밤거리가 내려다보였다. 밖으로 나가야겠다 싶었다. 이제 정말 여행이 얼마 남지 않았으니까 말이다. 지나가는 시간이 야속하게 느껴졌다. 시간을 붙잡을 순 없어도 우리가 원하는 방식으로 채워나갈 수는 있으니 다행이다. 우리는 어둠이 깔린 레이캬비크 거리로 나

섰다. 적막한 거리 위로 몇몇 사람들이 스쳐 지나갔다.

기념품 가게들은 모두 문을 닫은 상태였다. 그래도 진열장을 비추는 조명들은 여전히 밝게 불빛을 뿜어내고 있어 기념품들을 구경할 수 있었다. 아이쇼핑을 즐기며 내일 레이캬비크 시내를 돌아볼 때 들릴 가게들을 점찍어 두었다. 아까 엄청난 오로라를 보았기 때문에 혹시 이곳에서도 오로라를 볼 수 있지 않을까 싶었는데 하늘에는 새카만 구름만 가득할 뿐이었다. 오로라에 대한 기대는 접고 거리를 거닐다가 문을 연 술집을 하나 발견했다. 참새가 방앗간을 그냥 지나칠 수는 없지, 우리는 간단히 맥주를 마시고 숙소에 돌아가기로 했다.

늦은 시간이라 그런지 술집 안은 무척 한산했다. 우리는 창가에 자리를 잡고 앉았다. 평소처럼 자리에 앉아 있으면 누군가가 와서 주문을 받을 줄 알았다. 그래서 자리에 앉아 멍하니 기다렸는데 아무리 기다려도 직원이 오질 않았다. 알고 보니 카운터에 직접 가서 마실 맥주를 사와야 했다. 남편이 고심 끝에 맥주 두 병을 골라 내가 앉아 있는 자리에 들고 왔다. 우리는 아이슬란

드 맥주와 함께 이런저런 대화를 나누었다.

점점 밤이 무르익어 갈수록 우리의 대화도 깊어져만 갔다. 방금 보았던 오로라에서부터 시작해 지나간 아이슬란드의 기억들을 되새김질하다가, 우리의 미래를 상상하며 깊은 이야기를 나누었다. 아이슬란드 여행은 끝을 향해 달려가고 있었고 며칠 뒤면 우리는 다시 일상으로 돌아가 이 순간을 꿈처럼 떠올리며 살고 있겠지?

숙소로 돌아온 우리, 나는 너무 피곤해서 침대 위에 뻗어 버렸다. 남편은 쿨쿨 잠들어버린 나를 옆에 두고 조용히 음악을 들으며 보드카를 마셨다고 한다. 이날 다이아몬드 비치에 갔을 때 해변 위로 굴러다니는 작은 빙하 조각들을 주워 텀블러에 담아 왔다. 그 빙하 조각들을 꺼내어 보드카와 함께 마셨다고 하는데 맛이 아주 환상적이었다고 한다. 다음날 남편의 말을 듣고 나도 빙하 조각을 곁들인 보드카를 맛보려 했으나 텀블러를 숙소 냉장고에 그대로 두고 오는 바람에 영영 맛볼 수 없게 되었다. 빙하 보드카를 맛보지 못한 것이 지금까지도 너무 아쉽다.

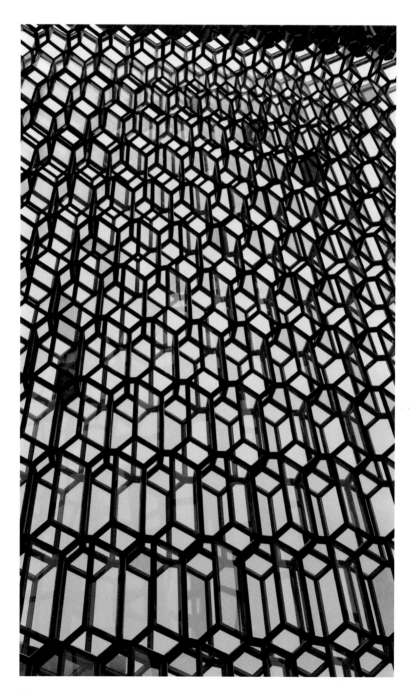

12 . 레 이 캬 비 크

레이캬비크 걷기

레이캬비크에서 아침을 맞이했다. 창 너머를 살펴보니 이른 아침인데도 거리 위를 걷고 있는 사람들이 많았다. 나도 얼른 저들처럼 걷고 싶어 몸이 근질근질했다. 오늘은 실리카 호텔로 숙소를 옮겨야 하니 캐리어를 열심히 쌌다. 여행 막바지가 되니 캐리어가 아주 뚱뚱해졌다. 차곡차곡 짐을 담아 두 었던 캐리어는 여행이 하루하루 지나갈수록 엉망이 되었다. 남편이 캐리어 위에 올라앉아 꾹꾹 눌러 지퍼를 겨우 잠갔다. 하룻밤 묵었던 아파트에게 안 녕을 고하고 밖으로 나왔다. 캐리어와 짐들은 렌트카 트렁크 안에 실어 두고 홀가분한 마음으로 레이캬비크 거리 위를 걸었다. 흐린 하늘에서 비가 부슬 부슬 내리기 시작했다. 어제부터 날씨가 심상치 않더니만 결국 비가 내리는 구나. 출출해진 배를 달래면서 비도 피할 겸 식당 안으로 들어갔다. 'Salka Valka Fish and More'라는 캐주얼 레스토랑이었다. 생선 수프와 오늘의 생선, 그리고 참치가 올라간 덮밥을 주문해 먹었다. 아이슬란드에서 주문했던 해산물 요리는 언제나 맛있었다. 특히 뽀얀 속살의 대구 요리는 남다르게 맛이 좋았다. 슬프게도 우리가 마트에서 직접 사다가 요리해 먹었던 대구만 맛이 없었을 뿐이다. 하지만 정말 음식들을 맛있게 먹어도 항상 2% 부족한 느낌이 들었다. 가슴 속에 꽉 막힌 가스가 들어앉은 듯 답답한 기분이랄까? 목구멍 뒤로 매콤한 고춧가루나 마늘을 넘기면 다 나을 것 같았다. 난 아무래도 뼛속까지 진정한 한국인인가 보다. 한국으로 돌아갈 날이 가까워질수록 맛있는 한식을 먹을 생각에 기분이 들떴다. 한국에 도착하면 무엇부터 먹을지 상상하는 것만으로도행복했다. 김치찌개? 설렁탕과 잘 익은 깍두기? 매콤한 육개장?

든든하게 배를 채우고 나니 마음이 한결 여유로워졌다. 즐겁게 비가 내리는 거리를 걸었다. 레이캬비크에는 카페, 사진관, 악기 상점, 기념품 상점 등

등 둘러보기 좋은 재미난 가게들이 많았다. 형형색색의 다양한 간판들과 벽화를 보는 것도 재미였다. 정신없이 돌아다니다 보니 레이캬비크에서 무려 반나절 동안이나 쇼핑했다. 주로 아이 쇼핑이었지만 기념품들을 사기도 했다. 가족들과 친구들에게 줄 소소한 기념품들부터 집에 두고 쓸 그릇이나 컵, 그리고 자그만 인형들, 마그넷 같은 물건들까지 생각해 보니 참 많이도 샀다.

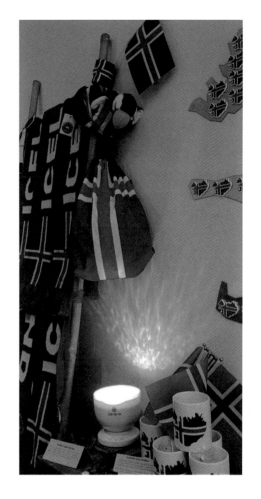

　사람보다 양이 많은 아이슬란드, 그 명성에 걸맞게 아이슬란드에서는 다양한 울 제품들을 팔았다. 이쁘기도 했고 여행을 기념 삼아 아이슬란드 울로 만든 니트를 사고 싶었다. 근데 가격이 겨울 코트 가격과 맞먹을 정도로 비쌌다. 우리가 여태 샀던 기념품들을 다 모아도 니트 값에는 모자랄 정도였다. 고민 끝에 사지 않고 가게를 나왔는데, 애써 참은 보람도 없이 결국 공항 면세점에서 니트를 사버리고 말았다. 게다가 커플 니트를 표방하며 남편 것 하나 그리고 내 것 하나, 두

장이나 샀다. 아이슬란드에서의 추억을 돈으로 샀다는 기분이 들기도 하지만, 겨울이 될 때마다 니트를 꺼내 입고 아이슬란드를 추억하며 옛 생각에 잠길 때마다 참 좋다.

쇼핑에 에너지를 많이 쏟았나 보다. 다시 허기가 져서 근처에 있던 식당에 들어가 간단히 샐러드와 스프로 배를 채웠다. 비는 여전히 그칠 줄 모르고 계속해서 내렸다. 쇼핑하며 산 물건들을 차에 실어 놓고 콘서트홀 하르파(Harpa)를 구경하러 갔다. 건물이 아주 독특하고 멋있다고 들었기에 레이캬비크에 오면 가보고 싶었던 곳이었다. 구글맵에 하르파를 찍고 걸어갔다. 바닷가 쪽을 향해 낯선 길을 따라 걷다 보니 멀리 재미난 모양의 건축물이 하나보이기 시작했다. 투명한 타일을 겹겹이 붙여 놓은 듯한 각진 모양의 건물이었다. 그 앞에 첼로를 켜고 있는 연주자의 동상이 제일 먼저 눈에 들어왔다. 비바람이 거세게 불어 동상 아래에 고인 물이 파도가 치는 것처럼 거칠어 보였다. 맑은 날에는 잔잔한 물 위에 뜬 건물 반영이 무척 아름답다고 들었다. 아쉽게도 날씨가 도와주지 않으니 반영은 볼 수 없었다.

우리는 하르파 안으로 들어갔다. 건물 내부는 기괴하면서도 신비로웠다. 천장은 육각형의 조형물들로 꽉 채워져 있었는데 마치 거대한 벌집이 매달려 있는 모양이었다. 바닥과 마주한 면은 거울로 되어 있어 내가 서 있는 공간이 훤히 비쳤다. 거울들 사이사이로 조명들이 번득였다. 벽면은 사각형 모양의 유리들로 가득 덮여 있었는데 중간중간 색유리가 배치되어 있었다. 햇볕이 쨍쨍한 날에 이곳에 왔으면 교회의 스테인드글라스를 보는 것처럼 건물 안으로 반짝반짝 빛이 스며들어서 참 아름다웠을 것 같다.

투명한 유리 너머로 흐리멍텅한 하늘과 바다도 보였다. 사실 자세히 보기 전에는 바다인 줄도 몰랐다. 바다가 잿빛이었기 때문이다. 모든 세상이 뿌옇게 붕 떠버린 흐린 날, 레이캬비크에서의 아쉬운 하루가 이렇게 지나가고 있었다. 날씨가 맑았다면 좋았겠지만 언제나 마음처럼 일이 흘러가지는 않는다. 좋다가도 나쁘고 나쁘다가도 좋고, 그게 아이슬란드였다. 그래도 맑은 날들을 꽤 경험했고 오로라도 보았으니 매몰차게 내리는 비도 받아들일 수 있었다. 이 새로운 세상을 경험할 수 있음에 감사하며 그렇게 여행을 계속했다.

블루라군

아이슬란드 공항에 도착하면 푸른 광고판 하나가 여행객들을 반겨준다. 광고판을 들여다보면 뿌연 수증기로 가득 찬 블루라군과 하얀 머드로 적힌 'Welcome'이라는 글씨가 보인다. 화산으로 유명한 아이슬란드에는 온천들이 꽤 많은데 블루라군은 인공적으로 만들어진 온천 스파이다. 아이슬란드에 오면 블루라군에 꼭 들러보고 싶었다. 푸른 터키석에 우유를 섞은 듯한 빛깔의 온천물 속에 몸을 담그면 무슨 기분이 들까? 무지하게 궁금했다. 그래서 아이슬란드 여행 마지막 날, 블루라군 근처에 자리 잡은 실리카 호텔(Silica Hotel)을 예약 해두었다. 꽤 비싼 호텔이었지만 아이슬란드 여행의 마지막을 성대하게 기념하고 싶어 하룻밤 묵어보기로 했다.

실리카 호텔에 숙박하면 블루라군이 무료였고 호텔 숙박객만 이용 가능한 프라이빗 라군을 자유롭게 이용할 수 있었다. 뜨끈뜨끈한 온천물에 몸을 담그며 여독을 풀고 여행을 아름답게 마무리해야지. 부푼 기대를 안고서 실리카 호텔로 향하는데 오늘 아침에 떠나온 숙소 냉장고에 커다란 텀블러 하나

SILICA HOTEL

를 두고 왔다는 사실이 번득 떠올랐다. 우리는 이미 도로 한복판 위였다. 텀블러를 두고 왔다고 외치자 한순간 정적이 흘렀다. 텀블러를 가지러 돌아갈까 말까, 잠시 고민에 빠졌다. 텀블러 안에는 빙하 조각들이 담겨 있었는데 난 어제 너무 피곤해서 일찍 잠드는 바람에 빙하 조각을 맛보지 못했다. 이럴 줄 알았으면 허벅지를 꼬집으며 맛이라도 볼 것을 그랬다. 레이캬비크 시내를 돌아다니느라 시간을 많이 써버린 탓에 눈물을 삼키며 곧장 실리카 호텔을 향해 달려갔다.

화산재가 절로 떠오르는 시커먼 외벽 위로 'SILICA HOTEL'이라는 하얀 글씨가 보였다. 드디어 실리카 호텔에 도착했다. 캐리어를 꺼내 들고 호텔 안으로 들어가는데 캐리어가 흠뻑 물에 적신 솜처럼 무거웠다. 캐리어 안은 갖가지 기념품들과 빨랫거리들로 가득 차 있었다. 한껏 무거워진 캐리어를 보니 아이슬란드 여행이 막바지에 다다랐음을 실감했다. 호텔에 도착했을 때는 이미 체크인 시간을 한참 넘긴 후였다. 그래서 곧장 예약한 방 안으로 들어갈 수 있었다. 길고 검은 복도를 지나 마침내 우리가 묵을 방의 문을 활짝 여는 순간 제일 먼저 눈에 들어온 것은 이끼 들판이었다. 아이슬란드를 여행하며 이끼 들판을 많이 보았건만 여전히 생경한 풍경이었다. 방 안으로 들어가 간단히 짐을 풀고 난 뒤 이끼 들판 쪽의 문을 열고 밖으로 나가 보았다.

멀리 검푸른 산이 하나 보였고 그 밑으로 장대한 이끼 들판이 펼쳐져 있었다. 싱그러운 연두색 이끼들은 검은 돌 위에 살포시 뿌려진 아주 고운 녹차 가루처럼 보였다. 낮이 얼마 남지 않아 방 안에서 여유 부릴 시간이 없었다. 우리는 서둘러 수영복을 챙겨 들고 블루라군으로 향했다. 비가 내리지는 않았으나 하늘은 여전히 흐렸다. 축축하고 으스스한 공기를 마시며 검은 돌들이 겹겹이 쌓인 길을 따라 걸었다.

이끼 들판 사이를 걸으며 주위를 살펴보니 세상은 온통 연두빛으로 물들어 있었다. 갑자기 이웃집 토토로가 튀어 나올 것만 같은 신비로운 풍경이었다. 검은 길 위로 계속 걷다가 마침내 푸른빛의 호수와 마주쳤다. 흐린 날씨 때문에 호수가 하늘보다도 더 푸르렀다. 푸르스름하고 기묘한 빛깔의 호수 주변에는 칠흑같이 검은 돌들이 널려 있었다. 아이슬란드에서는 매번 낯선 풍경들의 연속이다.

블루라군에 도착해 커다란 건물 안으로 들어갔다. 탈의실에서 수영복으로 갈아입고 초조한 마음으로 바깥으로 나가는 커다란 문 앞에 섰다. 밖은 바람이 쌩쌩 부는 한겨울 같던 날씨였다. 수영복만 입고 도저히 밖으로 나갈 엄두가 나질 않았다. 두 눈을 질끈 감고 문을 열고 나갔는데 온몸이 오드득 얼어붙는 것 같았다. 나는 헐레벌떡 물속으로 뛰어 들어갔다.

바깥 공기는 매섭게 차가웠는데 푸른 물은 뜨끈뜨끈했다. 블루라군 안에 몇 시간이고 머무를 수 있을 것 같았다. 방수되는 고프로를 챙겨온 덕에 걱정 없이 아름다운 블루라군과 온천욕 하는 우리들의 모습을 영상으로 담으며 시

간을 보냈다. 블루라군은 지열 발전소였던 부지를 개발해서 만들어진 인공적

인 온천이다. 지열 발전소에서 흘러나온 물이 고여 푸른빛을 띄고 있었는데

누군가가 그 물에 몸을 담그기 시작했고, 피부병에 효과가 있다는 사실이 알

려지며 온천부지로 개발되었다. 부지가 꽤 넓었는데 물속에 몸을 담근 채로

이곳저곳을 돌아다녔다. 걸을 때마다 발밑으로 푹푹 땅이 꺼지는 느낌이 들

었다. 손을 뻗어서 발아래를 휘저어 보니 부드러운 진흙이 만져졌다.

블루라군 안에는 음료들을 주문할 수 있는 수중 바가 있었다. 우리는 맥주

와 스무디를 하나씩 시켜 먹었다. 뜨끈한 라군 안에서 시원한 음료를 마시니

묵은 피로가 스르르 녹아내렸다. 라군 한쪽에서는 직원들이 하얀 머드를 나

눠주고 있었다. 어기적어기적 물속을 걸어가 머드를 잔뜩 받았다. 피부에 좋

다는 말에 얼굴과 몸에 머드를 덕지 덕지 칠했다. 그런 서로의 모습이 우스워 하하 호호 웃다 보니 서서히 어둠이 내리기 시작했다.

온천욕을 마치고 저녁을 먹으러 블루라군 안에 있는 라바 레스토랑(Lava Restaurant)으로 향했다. 레스토랑 안으로 들어서니 신비로운 음악이 귓가에 들려왔다. 화산재를 바른 것 같은 검은 벽지와 용암처럼 붉은 조명은 '라바(Lava)'라는 레스토랑 이름과 아주 잘 어울렸다. 우리는 유리창 너머로 푸른 라군이 보이는 전망 좋은 자리에 앉아 식사를 즐길 수 있었다. 무엇을 먹을지 고민하다가 여행 마지막 날이니 제일 맛있어 보이는 스페셜 코스를 주문했다. 식전 빵과 고소한 버터부터 시작해서 마지막 디저트까지, 아이슬란드에서 근사한 한 끼를 먹었다. 좋은 음식에 술이 빠질 수 없으니, 블루라군이 떠오르는 푸른빛 칵테일과 아이슬란드 맥주, 레이캬 보드카를 함께 곁들였다. 식사를 거의 마무리했을 무렵 기분 좋은 알딸딸한 취기가 올라왔다. 우리 둘은 빨개진 얼굴로 레스토랑을 나섰다.

낮에 걸었던 이끼 들판 사이 검은 길을 따라 우리의 방으로 걸어갔다. 낮에는 신비로워 보이던 풍경이 이제는 무섭게 느껴졌다. 온통 새카맸다. 방 안으로 돌아와서 우리는 한숨 눈을 붙였다. 그리고 얼마 뒤 다시 온천을 하러 주섬주섬 수영복을 챙겨서 방을 나왔다. 실리카 호텔 숙박객은 늦은 시간까지 프라이빗 라군에서 온천욕을 즐길 수 있었다. 프라이빗 라군 안에는 하얀 머드가 담긴 통이 따로 준비되어 있어서 마음껏 머드를 온몸에 칠할 수 있었다. 피부야 좋아져라 주문을 외우며 머드를 바르고 따뜻한 물속으로 들어갔다. 밤하늘의 별들을 보며 낭만적인 온천욕을 즐기고 싶었으나 오늘 밤은 하늘에 시커먼 구름뿐이었다.

튜브를 몸에 끼우고 푸르스름한 물 위에 둥둥 떠 있었다. 그러다가 갈증이 날 때 즈음 뜨끈한 물에 몸을 담근 채로 시원한 맥주를 들이켰다. 꿀꺽꿀꺽, 목구멍 뒤로 넘어가는 맥주의 맛이 천상의 맛이었다. 마치 무릉도원에 와 있는 기분이었다. 뜨끈한 물속을 걸을 때마다 발끝으로 미끄덩거리는 진흙이 느껴졌다. 발바닥을 꾹 아래로 눌러 진흙 깊숙한 곳으로 발을 넣어 보았다. 아이슬란드의 영험한 기운이 내 몸속으로 스물스물 들어온다는 생각이 들었다. 왠지 우스운 생각이지만 정말로 그런 것 같아 발을 더 깊게 눌러 부드러운 진흙을 느꼈다. 아이슬란드의 마지막 밤은 고요하고 평화로웠다.

밤이 지나가고 다시 아침이 왔다. 마침내 아이슬란드를 떠나 한국으로 돌아가는 날이 찾아왔다. 멀게만 느껴지던 그 날이 오고야 말았다. 이제 이 신비로운 땅을 떠나 일상을 보내던 익숙한 곳으로 떠나야만 했다. 아쉬운 마음이 가득해서였을까 이른 아침에 눈이 번뜩 떠졌다. 남은 시간을 알차게 보내야겠다는 생각이 들었다. 부스스 눈을 비비고 일어나서 호텔 안에 있는 라군으로 향했다. 이른 아침에 찾은 라군은 쥐 죽은 듯이 고요했다. 시커먼 구름이 짙게 깔린 탓인지 아침인데도 세상은 어둑어둑했다. 라군은 흐린 구름과 대비되어 더 푸르게 보였다. 우린 그 푸른 물속에 몸을 담고 아이슬란드에서의 마지막을 기념했다. 오래도록 기억에 남기려고 푸른 라군을 눈에 가득 담았다. 한참 동안 뜨거운 온천에 몸을 불리고 호텔 레스토랑으로 가서 아침 식사를 했다. 늘 먹던 빵과 치즈, 햄 그리고 아삭거리는 야채들이 아이슬란드에서의 마지막 식사였다.

짐을 싸고 나오기 전 유리창 너머로 보이던 이끼 들판을 두 눈에 듬뿍 담았다. 못내 아쉬운 마음에 문을 열고 나가서 카메라에 이끼 들판을 사진으로 담았다. 왠지 이 풍경은 잊지 못할 것 같다. 무거워진 캐리어들을 차에 옮겨 싣고 레이캬비크 공항으로 향했다.

13 . 안녕 아이슬란드

레이캬비크 공항은 세계각지의 다양한 사람들로 북적였다. 떠나는 날이 되니 자연스레 이 공항에 도착했던 첫날이 떠올랐다. 오랜 비행 끝에 레이캬비크에 도착했을 때는 어두운 밤이었다. 렌트카를 빌리려고 발을 동동거리던 순간이 떠올랐다. 이어서 아이슬란드를 여행했던 순간들이 차례로 머릿속을 스쳐 지나갔다. 비를 맞으며 싱벨리어 국립공원을 걷던 때, 축축한 등산화를 신고 글리무르를 향하던 때, 춤추던 오로라를 바라보던 우리의 모습, 둥둥 바다 위를 떠다니는 빙하 조각들 그리고 검은 돌 위에 소복하게 덮여 있던 이끼들까지. 아이슬란드의 모든 것이 낯설고 새로웠고 이제서야 조금 익숙해지려는데 떠나야 한다. 지나간 순간들이 사무치게 그리워졌다.

우리 항공편은 레이캬비크를 떠나 덴마크 코펜하겐과 중국 상해를 거쳐 인천으로 입국하는 것이었다. 레이캬비크를 상공을 날아오른 비행기는 구름 위에 올라섰다. 우리 발아래로 하얀 구름이 카펫처럼 깔려있었다. 배를 채우려고 비행기 안에서 스낵을 하나 시켜 먹었는데 포장 용기에 이끼 사진이 프린트되어 있었다. 마지막까지도 아이슬란드 이끼는 나에게 진한 인상을 남겼다. 그 때문일까 아직도 아이슬란드를 떠올릴 때면 자연스레 고운 비단 같은 이끼 들판의 모습이 머릿속을 채운다.

두 번의 경유와 14시간의 비행 끝에 한국에 도착했다. 캐리어를 찾으러 나갔는데 아무리 기다려도 맡겼던 커다란 캐리어 하나가 보이질 않았다. 항공사 직원에게 문의하니 보이지 않던 캐리어는 아직 인천에 도착하지 못했다고 했다. 아마도 코펜하겐이나 상해에 있을터, 아무래도 오늘 내로 받기는 글렀다. 항공사 직원이 집 주소를 알려주면 캐리어를 집으로 보내준다고 했다. 우리는 연락처와 주소를 남기고 돌아섰다. 캐리어 안에 담아둔 아이슬란드 기념품들이 상하거나 분실되면 어쩌나 걱정이었지만 별다른 방법이 없었다.

아이슬란드 여행은 대단원의 막을 내렸다. 그리고 하루하루 흘러갔다. 한국에 돌아온 나는 늘 그랬듯이 알람 소리를 듣고 힘겹게 일어났다. 그리고 허겁지겁 출근 준비를 하고 회사에 도착해 컴퓨터 앞에 앉아 일을 시작했다. 탁탁탁- 귓가에는 키보드 두드리는 소리 그리고 마우스 눌러대는 소리가 들려왔다. 점심시간이 되면 구내식당으로 가서 주린 배를 채우고 잠깐 밖으로 나가 회사 앞 공원을 돌며 바깥 공기를 들이마셨다. 그리고 다시 딱딱한 콘크리트 빌딩 안으로 들어가 일을 시작했고 어두워져서야 밖으로 나왔다. 집으로 돌아와 씻고 잠들면 곧 다시 아침이 시작되었고 저녁이 찾아왔다. 나에게 참으로 익숙했던 모든 것이 처음에는 어색하게 느껴졌다. 일주일이라는 짧은

시간 동안 전혀 다른 세상을 살다가 왔으니 당연했다. 그러나 시간이 흐르자

반복되는 일상에 차츰 물들어갔다. 그리고 익숙해졌다. 이따금 아이슬란드를

떠올려보면, 내가 보고 느낀 것들이 진짜였을까 의문이 들기도 했다. 꿈처럼

느껴지던 일을 저지르고 난 정말 행복했었는데 지나간 순간들은 다시 꿈처럼

남았다. 아득히 멀어져서 손에 닿지 않았다.

　그러던 어느 날, 인천 공항에서 찾지 못했던 캐리어가 돌아왔다. 퇴근하고

집으로 돌아왔는데 문 앞에 익숙한 캐리어 하나가 놓여 있었다. 갑자기 가슴

이 두근거리기 시작했다. 무거운 캐리어를 집 안으로 끌고 들어와 지퍼를 열

고 안을 뒤적였다. 지난 여행의 추억들이 담긴 물건들을 하나하나 꺼내 들어

살펴보았다. 잊고 있었던 기억들이 우수수 떠올랐다. 눈물이 날 것 같았다.

지나간 내 기억들은 꿈이 아니었다. 진짜였다. 곧 나에게 아이슬란드가 찾아

왔다. 호수 위로 푸르딩딩하던 빙하가 떠다녔다. 그리고 난 넓은 이끼 들판 위를 걸어갔다. 검은 하늘 위에서는 오로라가 춤추고 있었고 멀리 지평선에서는 해와 달이 동시에 떠오르고 있었다. 그러다 거대한 협곡과 마주쳐서 멍하니 골짜기를 바라보았다. 초원 위로 말들이 뛰어다니고 양들은 종종거리며 나를 피해 멀리 떠났다. 렌트카에서 지겹도록 들었던 음악들이 귓가에 들려왔다. 그리고 맛있는 음식들과 사랑하는 사람과 나누었던 이야기들이 떠올랐다. 아, 난 영원히 그때로 돌아갈 수 없을 것이다. 하지만 난 여전히 난 아이슬란드를 느낄 수 있었다.

꿈만 같던 일들을 경험하고 현실로 돌아온 나는 달라져 있었다. 여전히 나는 똑같은 빌딩에 출근하고 늘 컴퓨터를 보고 키보드를 두드리고 있지만, 진실로 달라졌다. 꿈을 이룰 용기가 생겼기 때문이다. 무엇이든 내가 원한다면 그냥 하면 되는 것이다. 주저하지 말고 늦었다고 생각하지 말고 원한다면 저지르자. 그럼 꿈은 현실이 된다. 사실 어린 날의 나는 내가 무엇을 원하는지 몰랐다. 남들이 하니까 뭐든지 했고 세상이 중요하다고 말하니 그런 줄 알고 했다. 시간이 흐르고 지금에 와서야 그 어린 날 내가 무엇을 원했던 것인지 그리고 지금의 내가 무엇을 원하는지 비로소 알겠다. 아이슬란드 여행은 꿈을 현실로 만드는 시작점이었다. 오로라를 보고 싶다던 막연한 꿈을 이루고 나니 다른 꿈들도 이룰 수 있겠다는 믿음이 생겼다.

아이슬란드 여행은 정말 끝이 났다. 아이슬란드가 손을 흔들며 작별인사를 건넸다. 나도 인사를 건네본다. 안녕, 아이슬란드.

WOONA